Was kann ich schon dagegen tun?

Die Autoren:

Dietlind Klemm hat fünf Jahre an einer Sonderschule für sogenannte „Erziehungsschwierige“ in München unterrichtet, arbeitet seit 12 Jahren - seit 4 Jahren hauptberuflich - als freie Journalistin beim Bayerischen Rundfunk und anderen „Anstalten“ und macht Filme im Kinder- und Familienprogramm.

Rudolf Herfurtner schreibt seit gut zehn Jahren Geschichten für Kinder und Jugendliche (u. a. „Hinter dem Paradies“, „Hard Rock“, „Simon Frasers lange Reise zum Pazifik“). Im Auftrag des Münchner Theater der Jugend entstanden zwei Theaterstücke. Er hat Germanistik, Anglistik und Theaterwissenschaft studiert und seit dem Studium immer auch für verschiedene Zeitungen gearbeitet. 1981 erhielt er den Förderpreis der Stadt München. „Was kann ich schon dagegen tun?“ ist sein erstes Sachbuch.

Dietlind Klemm / Rudolf Herfurtner

Was kann ich schon dagegen TUN?

Otto Maier Verlag Ravensburg

Herausgeber: Michael Kohlhammer

Fotos: Rudolf Herfurtner u. a.
Plakat S. 115: IG-Metall-Graphik, Gestaltung Wilhelm Zimmermann, amnesty international gewidmet
Illustrationen: Stefan Lucas
Umschlagentwurf: Walter Emmrich

Gesamtherstellung: Mohndruck, Gütersloh

5 4 3 2 1   88 87 86 85 84

ISBN 3-473-50004-6

Inhalt

Alle reden von der Jugend – Ein Info-Mosaik zum Thema: Tu was oder tu nix

Was ist denn bloß mit unserer Jugend los?

Der ältere Herr und Verleger der ZEIT Gerd Bucerius sagt die (seine) ‚Wahrheit': „Noch nie gab eine Gesellschaft den Jungen soviel Freiheit, sich selbst zu entfalten – und dazu den nötigen Wohlstand." (DIE ZEIT 21/81)
Recht hat er, raunt des Volkes Stimme, und der Bürger, der „diesen besten Staat auf deutschem Boden" aufgebaut hat, schüttelt nur noch verständnisloser den Kopf, weil sich diese Hätschelkinder des Überflusses so aufführen:

- Sie ziehen schreiend durch die Straßen und schmeißen mit Steinen, so daß man sie festsetzen muß wie Schwerverbrecher.
- Sie setzen sich vor die Stacheldrahttore amerikanischer Armeestützpunkte und blockieren den Transport von Raketen, die doch nur zu unserem Schutz herumgefahren werden.
- Sie besetzen Häuser, die abgerissen werden müssen, weil deren baulicher Zustand einem Menschen unserer Zeit einfach nicht mehr zugemutet werden kann.
- Sie hängen Transparente an Industrieschornsteine, die man für teures Geld so hoch gebaut hat, daß der Dreck die Protestierer gar nicht mehr treffen kann, weil er erst in Skandinavien wieder runter kommt.
- Sie proben den Bürgerkrieg wegen ein paar Atomkraft-

werken, obwohl die doch das beste Hilfsmittel gegen das Waldsterben darstellen.

Und wenn man mit ihnen reden will – vielleicht sogar im Fernsehen –, dann sind sie frech und ungezogen und lassen die gewählten Vertreter des Volkes nicht ausreden, obwohl die doch nicht müde werden, ihnen zu sagen, was und wie sie's anstellen müssen, daß alles wieder so wird wie früher zu Onkel Adenauers Zeiten.

WAS IST BLOSS LOS MIT UNSERER JUGEND?

Ist was los mit unserer Jugend?

Als die Protestsignale allmählich so deutlich wurden, daß man sie sogar auf der Regierungsinsel Bonn nicht mehr übersehen konnte und sie sich auch nicht länger als von frustrierten Lehrern, gottlosen Pfarrern, obskuren Psychotypen und linken Journalisten herbeigeredet, abtun ließen, beschlossen die Verantwortlichen, sich doch einmal Gedanken zu machen. Besser gesagt, sie ließen sich Gedanken machen, denn dazu hat man ja die teure Wissenschaft.

> „Die Regierungszombies haben für die ‚Sprache' der heutigen Revolte kein Sensorium: sie verstehen nur, was ihnen gleicht.
> Und jetzt bitten sie uns, die Überbleibsel von 68 [Anm. der Autoren: die damalige Studentenrevolte] und danach, um Übersetzungsdienste: ‚Geht Ihr doch mal hin und versucht rauszukriegen, was die jungen Leute eigentlich wollen.'
> Hinter den knüppelschwingenden Polizisten taucht der Sozialwissenschaftler auf, der das Wissen produzieren soll, mittels dessen man die Jugendlichen langfristig befrieden zu können hofft."

Götz Eisenberg (In: Bahr, S. 51f)*

* Den Autoren dieses Buches ist bewußt, daß das natürlich auch ein wenig auf sie zutrifft: zwei Mittdreißiger ziehen los, um der Welt zu erzählen, was

Und siehe da, die Umfrager fanden sogar einiges, was den Jungen stinkt im Staate. Sie fanden zuviel Bürokratie und zu wenig Arbeit, zuviel Wohlstand, Verdienst, Sicherheit und Leistung und zu wenig Selbstverwirklichung, Gemeinschaft, Mitbestimmung und gesunde Umwelt; sie fanden zuviel Rüstung und Polizeigewalt und zu wenig Gesprächsbereitschaft; sie fanden aktiven Widerstand in Initiativgruppen und „passiven" Protest, die Selbstzerstörung durch Alkohol und andere Drogen, Selbstmord und Jugendsekten.
Vor allem aber fanden sie – und da erwies sich einmal mehr der Segen der Demoskopie für den Politiker – die ‚schweigende Mehrheit', den ganz normalen Jugendlichen, und der war ganz anders, nämlich „zufrieden" und „gesund" und hatte folglich mit dem Protest der Randalierer und Chaoten nichts am Hut.

„Ich möchte mich im Namen der Jugend ganz energisch dagegen verwahren, daß die Jugend mit den Hausbesetzern, mit Gewalttätern und Landfriedensbrechern über einen Kamm geschoren wird. Das ist doch eine Minderheit von K-Gruppen, Polit-Rockern, aus idealistischen Sympathisanten, aus Wirrköpfen und Mitläufern und kein Querschnitt der Jugend. Die deutsche Jugend schaut ganz anders aus."

Franz Josef Strauß anläßlich
der Nürnberger Massenverhaftungen

Der „gesunde Jugendliche" ließ sich sogar zum Parteitag laden (sorgfältig handverlesen durch die Kreisorganisationen der Partei), wo dann die Politiker den „Dialog mit der Jugend" führen konnten.
„Es hat geklappt! Der Dialog funktioniert!" jubelten sie ein Wochenende lang und am nächsten Morgen in den Interviews der konservativen Montagszeitungen.

die Jugend so treibt. Wir glauben aber nicht, daß wir den „Regierungszombies" Material liefern, mittels dessen sie die BEWEGUNG befrieden können, im Gegenteil: die unendliche Vermehrung der Initiativen ist unser Anliegen, also die Unruhe im Lande.

Am Dienstag begann man das ganze zu vergessen, wegen der Sachzwänge.
Am Mittwoch schloß man das vorletzte selbstverwaltete Jugendzentrum.
Am Donnerstag räumte man zwei besetzte Häuser und zerschlug den Versuch, alternative Lebensformen zu entwickeln.
Am Freitag gab Herr Stingl von der Bundesanstalt für Arbeit in Nürnberg die neuesten Arbeitslosenzahlen bekannt, und daß es wohl ein bißchen schwierig sein dürfte, das Lehrstellenversprechen des Bundeskanzlers einzuhalten.
Am Samstag erschoß ein nervöser Polizist mit seiner besonders leichtschüssigen Pistole einen vierzehnjährigen Jungen, weil er sich von dem unbewaffneten Knirps bedroht fühlte.
Und am Sonntag dachte der amerikanische Verteidigungsminister über einen „begrenzten Atomkrieg" in Europa nach, während der deutsche Bundespräsident durch den deutschen Wald spazierte und sich (nicht?) wunderte, warum der so durchsichtig geworden ist.

Unsere Jugend

Lassen wir die Satire, versuchen wir es ohne Zynismus. Sehen wir uns die Welt der Jugendlichen an.
Wie Jugendliche heute leben, das beschreiben z. B. Klaus Dörre und Paul Schäfer in ihrem Buch: „In den Straßen steigt das Fieber" folgendermaßen (andere Publikationen zeichnen ein vergleichbares Bild):

1. **Die Jugend**, das sind im Wesentlichen die geburtenstarken Jahrgänge von 1958–1967, die nach zehn „fetten Kindheitsjahren" die Energie- und Rohstoffkrise erlebten und nun die „mageren Jugendjahre" hinnehmen müssen.
2. Sie sind aufgewachsen in einer Zeit, wo man sich immer mehr Bildung für immer mehr Jugendliche leistete, und

erleben nun, daß sie mit ihrer Bildung keine Berechtigung für einen Arbeitsplatz erworben haben.

3. Die schlechte wirtschaftliche Lage führt zu Massenarbeitslosigkeit, die Jugendlichen im Alter von 15–24 Jahren sind überdurchschnittlich hart betroffen.
   Die Folge ist steigender Leistungsdruck in den Schulen; denn immer mehr müssen ausgesiebt werden.
4. Gleichzeitig nehmen die Freiräume immer mehr ab. Das beginnt im Wohnviertel (Stichwort: Beton in den Städten) und endet bei der Bürokratisierung beinahe aller Lebensbereiche. Die Generation, die das Erbe der anti-autoritären Emanzipationsbewegung angetreten hat, sieht sich einer umfassenden Erstarrung gegenüber. Sie fand dafür die Chiffre: PACKEIS.
5. „Das hervorstechende Merkmal", so Dörre/Schäfer, „der gegenwärtigen Situation stellt das Zusammenfallen verschlechterter Bedingungen der individuellen Lebensgestaltung mit existenzbedrohenden Entwicklungen für die Menschheit dar. Unsichere Lebensperspektiven für den Einzelnen verbinden sich mit den Gefahren eines letzten Weltkrieges und drohenden Umweltkatastrophen." (S. 31)

Einfach ein paar Zahlen

> „Nimmt man all diese Daten zusammen . . ., dann gewinnt man den Eindruck, daß eine ganze Generation aus der Gesellschaft ausgeschieden ist. Ein Teil hat ganz bewußt und aktiv den Ausstieg gesucht und gefunden. Ein anderer Teil wurde herausgedrängt, ist ‚ausgeflippt' (soll heißen: kann nicht mehr mitmachen). Zwischen beiden Teilen befindet sich der Großteil der Jugend, der dadurch auffällt, daß er unglaublich unauffällig ist."

Psychologe Helmut Kentler
(In: Bahr, S. 175)

I. Aussteiger Umsteiger Einsteiger

- 13 Prozent der 17–23Jährigen glauben, daß ihnen das Leben in der BRD nichts Positives zu bieten hat. Staat und Politik bedeuten ihnen nichts. Sie machen keine Ausbildung, arbeiten nicht.
- 37 Prozent sind unzufrieden und wollen anders leben, als für sie vorausgeplant.
- 21 Prozent gehen nicht zur Wahl

STERN-Umfrage, Allensbach 1979

In schätzungsweise 11 500 alternativen Projekten arbeiten ca. 80 000 Leute. Zählt man die Sympathisanten dazu, zählt „die Bewegung samt Dunstkreis" in der BRD 300 – 400 000 Menschen.
Das errechnete 1980 der Theoretiker der alternativen Kultur Joseph Huber. Inzwischen haben weit mehr als 2 Millionen Menschen Die Grünen in den Bundestag gewählt.

II. Ausgeflippte trostlos Untröstliche Verlorene

In seinem sehr gründlichen Buch „Du hast keine Chance, aber nutze sie" hat Reimar Oltmanns (selbst ein ausgestiegener Top-Journalist) „die äußeren Merkmale der bundesdeutschen Erosion" beschrieben:

Stichwort: Erosion
Stirbt z. B. der Wald, können Regen, Wind und Eis die lebendige Erdschicht abtragen: übrig bleibt – wie in vielen Teilen Griechenlands – tote Geröllwüste.
Werden Frei- und Schutzräume ‚abgeholzt', können die stürmischen Wetter der freien Konkurrenz-Wirtschaft dem zarten Pflänzchen ‚Menschlichkeit' arg zu schaffen machen.

- 150 000 Jugendliche haben sich einer Sekte verschrieben, 200 000 hatten bereits Kontakt zu einer Sekte;
- täglich gehen durchschnittlich vier Heranwachsende in den Freitod, 1 500 im Jahr 1979;
  14 000 unternahmen 1978 einen Selbstmordversuch;
- schon 1976 waren 48 000 Studenten (6 %) in psychotherapeutischer Behandlung, der wirkliche Bedarf lag noch weitaus höher;
- 1970 starben 29 Menschen an Drogen, 1980 schon 600 – meist Jugendliche;
- 80 000 Jugendliche sind rauschgiftsüchtig;
- 180 000 Jugendliche trinken regelmäßig Alkohol;
  nach Informationen der ‚Aktion das sichere Haus' trinken 2 Millionen Jugendliche „öfters oder täglich" Alkohol;
- 200 – 250 000 Jugendliche sind arbeitslos (die genaue Zahl kennt keiner, kümmert sie keinen?);
- 12 000 Jugendliche sitzen im Gefängnis;
- 30 000 begingen Eigentumsdelikte.

WIR BRAUCHEN EUER TRÄNENGAS NICHT!

Die „Deutsche Gesellschaft für soziale Psychiatrie" hat 1981 gezählt (nach Bahr):
- 250 000 Jugendliche leben in Heimen, auf Beobachtungsstationen, in Internaten sowie in Kinder- und Jugendpsychiatrischen Einrichtungen;
- 370 000 Schüler bleiben jährlich sitzen;
- 390 000 Kinder sind in Sonderschulen;
- 320 000 Kinder werden jährlich bei Verkehrsunfällen verletzt, 3 700 getötet.

WIR HABEN AUCH SO GRUND GENUG ZUM WEINEN!

III. Und dazwischen die „gesunden Normalen"?

Richtig ist, daß die Mehrheit der Jugend „ganz anders" ist. Die Mehrheit geht in die Schule und macht einen Abschluß. Die Mehrheit findet einen Arbeitsplatz. Die Mehrheit glaubt daran, sich eine Existenz aufbauen zu können. Der Mehrheit gelingt es, sich einen Platz in der Gesellschaft zu schaffen. Und einige (allerdings nicht die Mehrheit) sind sogar ganz zufrieden, keine Weltveränderer.
Feststeht:
Die meisten sind keine „Spontis", keine Aktionisten. Sind sie vielleicht „Resis", wie Robert Jungk sie einmal genannt hat, also Resignierte, die den Weg des geringsten Widerstandes gehen – weil sowieso alles keinen Sinn hat?
Tatsache ist, daß Lehrer und Lehrherren von einer „Motivationskrise" reden. Viele, so hört man, sähen zu, wie sie so gerade mal durchkommen. Sie spicken, schwänzen, feiern krank und glänzen durch Abwesenheit, selbst wenn sie da sind.
Wo sind sie?

VÖLLIG LOS-GE-HE-LÖST
VON DER ERDE

Peter Schilling

Viele haben sich längst eingeklinkt in den rosaroten Luftballonflug zum Horizont der Träume. Nicht nur die Musikindustrie lebt davon, daß diese Träume am Blühen gehalten werden. Als „neue deutsche Heiterkeit" feiert der Geist der alten Aufschwungschlager der 50er und frühen 60er Jahre fröhliche Urständ.

UND ICH DÜSE, DÜSE, DÜSE, DÜSE
IM SAUSE SCHRITT

Die Gruppe DÖF

Aber hilft das gegen den Frust? Macht das die Politiker-Parolen vom „Aufschwung“, von der „Wende“, von den „alten Werten“ vertrauenserweckender? Macht das Hoffnung?
Auch der Öl-Multi Shell ließ zählen (Shellstudie: Jugend 81):

- 58 % der Jugendlichen schätzen die Zukunft „eher düster“ ein
- 95 % rechnen nicht damit, daß Kriege abgeschafft werden
- 80 % rechnen mit Rohstoffknappheit, Wirtschaftskrisen und Hungersnöten
- 78 % rechnen nicht mit mehr Gleichheit unter den Menschen
- 75 % rechnen damit, daß Technik und Chemie die Umwelt zerstören werden.

Warte nicht auf bess're Zeiten,
Warte nicht mit Deinem Mut,
Gleich dem Tor, der Tag für Tag
An des Flusses Ufer wartet,
Bis die Wasser abgeflossen,
Die doch ewig fließen.
Wolf Biermann

Traurig traurig trüb und trostlos?

Üble Hetze von Fußball-Fans gegen Ausländer

Auf Flugblättern wird „Kampf den Kanaken“ geforde

Kaiserslautern/Berlin (AZ) – Die Staatsanwaltschaft ermittelt in einem neuen Fall von Ausländerhetze. In Kaiserslautern sind mehrere Flugblätter aufgetaucht, in denen „alle deutschen Fußball-Fans“ aufgefordert werden, zum „Kampf gegen die Kanaken“ zu fahren. Gemeint ist damit das Fußball-Länderspiel Deutschland–Türkei am 26. Oktober in Berlin.

In dem Aufruf heißt es weiter, das Spiel müsse „Signal für das gesamte Volk Deutschlands“ sein, die Ausländer „hinauszuwerfen“. Jugendliche Fußball-Fans sollten mit „Gewalt gegen die Ausländerschwemme Front machen“.

Unterschrieben sind die Flugblätter mit „im Namen aller Deutschen, die Fans von Hertha BSC Berlin“. Diese seien, so bestätigten die Berliner Behörden, schon öfters durch rechtsradikale Äußerungen aufgefallen.

Die Flugblätter waren bei nem jungen Mann in Kai lautern gefunden worde

AZ 19/7/83

Gut, (oder schlecht), so also sieht's aus, wenn man genauer hinschaut und auch mal ein bißchen den Teppich hochhebt, unter den so vieles gekehrt wird, was im aufgeräumtem Wohnzimmer des bundesdeutschen Sozialstaates nicht so gut aussehen würde. Jeder kann das wissen, wenn er es wissen will, Zeitungen und Bücher sind voll davon. Und daß die offiziellen Stellen so heftig dagegen reden, verrät dem skeptischen, also mündigen Bürger nur die Richtigkeit des Befundes.

Doch was soll ich mit diesem Befund anfangen, wenn ich fünfzehn bin oder zwanzig, also einer, der zwar irgendwo in diesen Statistikerzahlen drinsteckt, aber sich doch nirgends genau getroffen fühlt, weil der einzelne eben immer aus jeder Statistik herausfällt?

Die Zeiten sind schlecht – was für eine Neuigkeit! Aber wie sagt es Billy Joel so schön:

„They say that these are not the best of times,
But they're the only times I've ever known." *

Und der ‚Mann von heute' Andreas Dorau geht noch einen Schritt weiter und verkündet:

„Die Welt ist schlecht
das Leben ist schön.
Was ist daran nicht zu versteh'n?"

Er übersetzt eigentlich nur Herbert Achternbuschs Parole: „Du hast keine Chance, aber nutze sie" ins Schlagerdeutsch, aber er könnte damit sicher den Vorsänger für viele, viele Jugendliche machen. Nicht nur, weil dieser ach so menschliche Widerspruch an den Diogenes erinnert. Der griechische Philosoph in der Tonne feiert ja im Augenblick auch gerade seine Auferstehung. So wie er dem mächtigen Alexander zu verstehen gab, daß ein Politiker und schon gar ein Feldherr nichts hat, was ihn, den Kyniker* interessieren könnte, wenn er ihm nur aus der Sonne ginge, so lehnen ja heute immer mehr Jugendliche die bequemen Gratifikationen des Fortschritts ab, die doch nur mit Umwelt- und Menschenzerstörung erkauft sind.

***Stichwort: Kyniker:**
Ein Kyniker (von griech. kynos: der Hund) ist ein Vertreter der von Antisthenes begründeten Philosophie, die behauptet, daß das Glück in völliger Bedürfnislosigkeit zu finden sei. Im Gegensatz zu den feinen, reichen Athener Bürgern lebten die Kyniker wie die Hunde auf der Straße und übten damit Kritik an den herrschenden Verhältnissen.

Viel wichtiger aber noch an Billy Joels und Andreas Doraus Songtexten ist der versteckte Hinweis an uns, die Älteren. Sie sagen nämlich auch: das ewige Miesmachen nützt uns nichts.

* Sie sagen, daß dies nicht gerade die besten Zeiten wären, aber es sind die einzigen, die ich erlebe.

All die schönen, traurigen Untersuchungen von frustrierten 68ern helfen der Jugend wenig. Ja, sie verhindern vielleicht nur, daß man genauer hinschaut.
Ist es nicht vielleicht sogar so, daß sich da in der Jugend viel mehr tut, als die schreibenden Beobachter wahrhaben wollen? Kann es nicht sein, daß der eigene Frust auf die Jugend projiziert wird? Werden die Aktivitäten nicht entdeckt, weil sie andere Richtungen nehmen als die Hoffnungen der Sozialreformer der 70er Jahre? (Eine Vermutung, die sich bei der Lektüre der theoretischen Überlegungen zur Jugendszene aufdrängte. Bei unseren Recherchen hat sie sich allerdings nicht bestätigt. Vielmehr ist oft ein „68er" die treibende Kraft in einer heutigen Jugendinitiative).
Hat man eigentlich die „armen Kleinen" schon mal gefragt, was sie zu dem Mitleid der Interpreten neuerer Jugendkultur sagen? Vielleicht ist es ja so, daß sie sich viel weniger als die Opfer des „spätkapitalistischen Niedergangs" sehen, als uns das die jugendbewegten Podiumsdiskutanten landauf, landab glauben machen möchten.
Um nicht falsch verstanden zu werden: All diese Fragen wollen nicht suggerieren, daß die reaktionären Abwiegler recht hätten, daß es der Jugend gar nicht so schlecht gehe, wie es der Wirbel, den die „paar Ausgeflippten" verursachen, vermuten ließe. Im Gegenteil: die obigen Zahlen sprechen eine klare Sprache!
Aber vielleicht haben viele Jugendliche ja ihre Zukunft längst in die Hand genommen. Vielleicht haben sie von uns gelernt, daß zuviel Reden nichts bringt und machen jetzt einfach mal was. Vielleicht ist unsere Titelfrage: „Was kann ich schon dagegen tun?" in Wirklichkeit eine Erwachsenenfrage. Vielleicht arbeiten längst überall Jugendliche an sich und an der Welt und also an unserer Zukunft, in kleinen und großen Projekten, in den Ecken ihrer Wohnviertel und in allen Ecken der Welt. Vielleicht gibt es neben den Ausgeflippten, den Aussteigern, den Angepaßten und den hoffnungslosen Gewalttätern eine Menge „Reformer", die anpacken, was anliegt. Und viel-

leicht sind sie von den Zielen der rückwärtsgewandten Adenauer-Enkel ebenso weit entfernt wie von den Illusionen der 68er.

Vielleicht entsteht da etwas Neues, was uns alle weiterbringt, auch wenn es sich nicht mit Mikrochips und Glasfaserkabel bewerkstelligen läßt. Vielleicht gibt es das, was Jürgen Zinnekker (einer der Autoren der Shell-Studie) den „Beginn einer Entwicklung“ nennt, „die Subjektivität im modernen Sinn hervorgebracht hat.“ Vielleicht hat der Theologe Hans Eckehard Bahr recht, wenn er sagt:

„Nun aber versuchen nicht nur einzelne Menschen Mitfühlen, Mitleiden, Mitfreuen als privaten Lebensstil. Viele Gruppierungen innerhalb der Widerstands- und Erneuerungsbewegung beherzigen diese Maximen auch in der gesellschaftlichen Öffentlichkeit. Ja, sie fordern das Sympathieprinzip auch als neue Dynamik einer realistischen Völkerpolitik.“ (S. 22)

Vielleicht erkennt eine neue Generation wirklich, was Bahr an anderer Stelle eine „post-materialistische Lebensorientierung“ nennt, also die „Wiederentdeckung ... der alten therapeutischen Wahrheit, daß die unmittelbar Betroffenen sich selber helfen müssen, wenn sie ihre Situation grundlegend verbessern wollen; der Erfahrung, daß die permanente Versorgung durch Superinstanzen einen nicht aus der infantilen Fütterungserwartung herausbringt ..., der Erfahrung, daß wiedergewonnene Selbsthilfefähigkeit auch eine neue Selbstachtung bringt, ... der in vielen Jugendinitiativen wiedergewonnenen Einsicht, daß Arbeit nur zum eigenen Gelderwerb seelische Öde und Kälte produziert, eine sinnvolle lebensfördernde Tätigkeit indes Spaß bereitet.“ (S. 223)

Ruhe ist die erste Bürgerpflicht!

Schlaf in guter Ruh,
Tu die Äuglein zu,
Höre, wie der Regen fällt,
Hör, wie Nachbars
Hündchen bellt.
Hündchen hat den
Mann gebissen,
Hat des Bettlers Kleid
zerrissen.
Bettler läuft der
Pforte zu,
Schlaf in guter Ruh.

Altes dt. Wiegenlied

Ich setze meinem Gott kein Ziel
Er gab mir wenig oder viel.
Wohl dem, der sich genügen läßt,
Der lebt kontent aufs allerbest.

Hausspruch, Franken

Früh krümmt sich
was ein Häkchen
werden will.

Sei immer bescheiden,
verfang nicht zuviel,
dann kommst du zwar langsam,
aber sicher zum Ziel.

Schlagertext

Doch große Seelen
dulden still.

Schiller

Es ist besser,
das Kind weine
denn der Vater.

Die
letzten
werden
die ersten
sein.

BIBEL

Lieber den Spatz
in der Hand
Als die Taube
auf dem Dach.

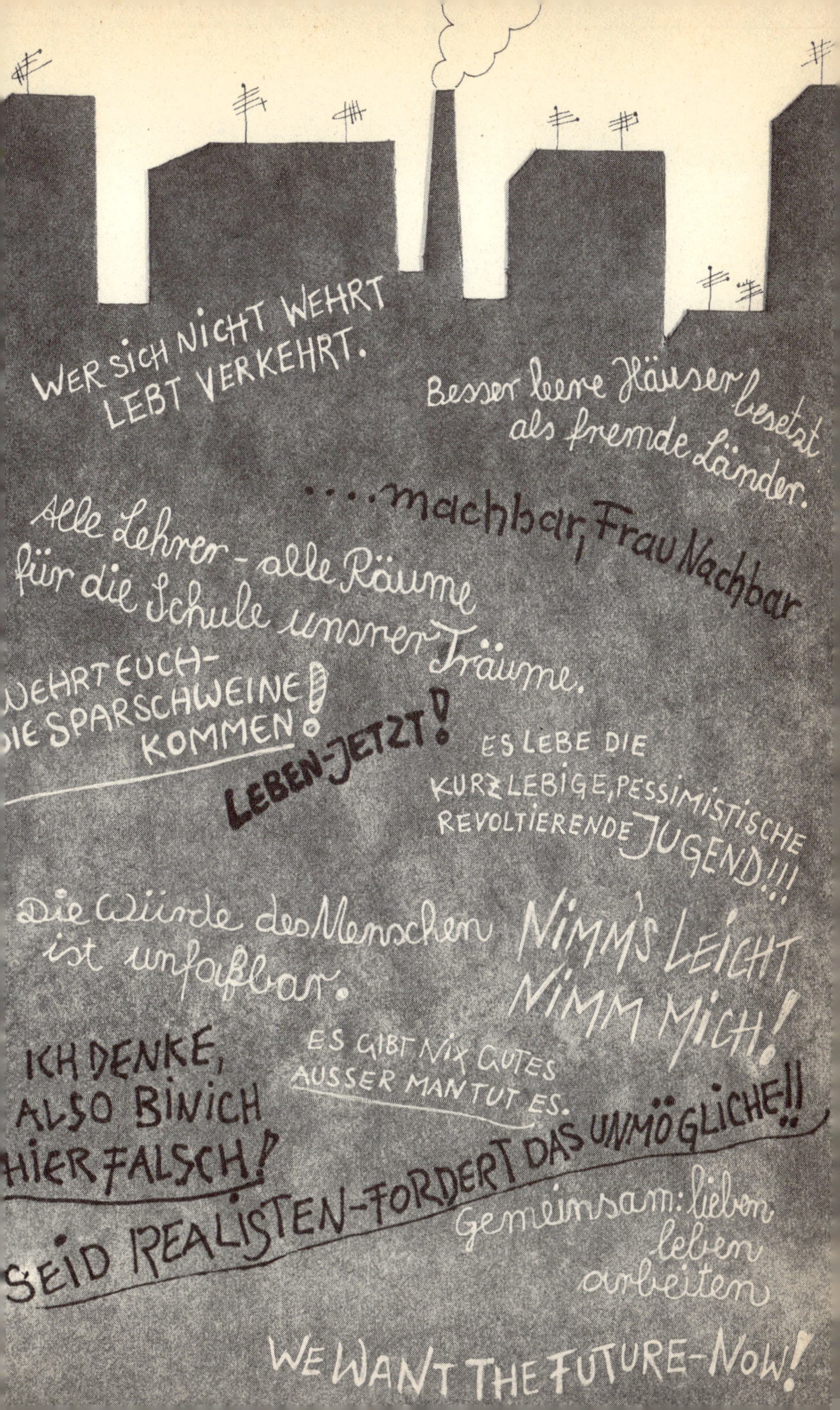

WER SICH NICHT WEHRT LEBT VERKEHRT.
Besser leere Häuser besetzt als fremde Länder.
...machbar, Frau Nachbar
Alle Lehrer – alle Räume für die Schule unsrer Träume.
WEHRT EUCH- DIE SPARSCHWEINE KOMMEN!
LEBEN-JETZT!
ES LEBE DIE KURZLEBIGE, PESSIMISTISCHE REVOLTIERENDE JUGEND!!!
Die Würde des Menschen ist unfaßbar.
NIMM'S LEICHT NIMM MICH!
ICH DENKE, ALSO BIN ICH HIER FALSCH!
ES GIBT NIX GUTES AUSSER MAN TUT ES.
SEID REALISTEN-FORDERT DAS UNMÖGLICHE!!
Gemeinsam: lieben leben arbeiten
WE WANT THE FUTURE-NOW!

Was man machen kann, hier und da – nah und fern – zweimal (k)ein Märchen

Es war einmal ein kleines, reiches Land, in dem gab es alles, was man haben wollte. Das fanden die Leute angenehm. Doch eines Tages ging ein Mensch in einen dieser Läden, in dem man alles das kaufen konnte, was man haben wollte und fragte sich plötzlich – er wußte später selber nicht, warum –, fragte sich also, warum gibt es eigentlich alles bei uns und das auch noch so billig? Zum Beispiel Bananen...
Die Suche nach einer Antwort führte unseren Menschen zum Supermarktdirektor und dann zum Direktor der Supermarktkette. Und ehe er sich's versah, befand sich unser Mensch in einem Land auf der südlichen Halbkugel seines Planeten.
Erst suchte er eine multinationale Exportfirma auf und dann einen Plantagenbesitzer. Und schließlich stand der Mensch aus dem kleinen, reichen Land, in dem es alles gab, was man haben wollte, vor einem Bananenpflücker, der fast nichts von dem hatte, was er haben wollte. Ja, der Bananenpflücker hatte kaum eine Ahnung davon, was es alles zu haben gab für das Geld, das der Plantagenbesitzer, der multinationale Exporteur, die Supermarktkette, der Supermarktdirektor mit seiner Hände Arbeit verdienten.
Als der Mensch aus dem kleinen, reichen Land nun erfahren hatte, warum die Bananen so billig sind, war er tief betroffen und gründete eine Initiative. Er und seine Mitstreiter wollten hinfort freiwillig mehr für die Bananen zahlen, wenn der Supermarkt das Geld an den Bananenpflücker weiterleiten würde...
Das Märchen ist kein Märchen, sondern eine Initiative in der Schweiz. Beschrieben wird die Aktion der „Bananenfrauen" (am Ende waren es schon 4 000) in dem Buch „Zum Beispiel Bananen... eine Bürgerinitiative für die dritte Welt" von Ursula Brunner (Basel 1979).

*

Es war ein andermal ein Baum, nicht der letzte, aber einer von den wenigen, die noch übrig waren im Land des Betons. Dieser Baum wurde eines Tages von ein paar grauen Herren besucht, die genau an dieser Stelle etwas Gemeinnütziges bauen wollten.
Das bemerkten die Kinder und eine Frau beim Fensterputzen. Die Kinder sagten zu der Frau: „Könnt ihr nicht zur Regierung gehen und denen sagen, daß der Baum nicht wegdarf?" Und die Frau wurde initiativ.
Die grauen Herren kamen und gingen. Sie schauten den Baum an, deuteten hierhin und dorthin und verschwanden wieder. Die Initiative schrieb allerlei Briefe an allerlei Leute und ein Schild zum Schutz des Baumes. Und am Ende wurde gemeinnützig gebaut und der Baum blieb stehen, denn die grauen Herren hatten sich wegen des Wirbels der Initiative endlich doch die Gedanken machen müssen, die sie vorher aus dummer Bequemlichkeit vergessen hatten, nämlich wie man das bißchen Grün in unseren Städten noch retten kann. Auch dieses ist kein Märchen (obwohl man's kaum glauben mag, wenn man sieht, was täglich bei uns umgeschnitten wird). Die Geschichte ist dokumentiert in der ZEIT vom 10. 6. 83.

Ist das eigentlich neu – Initiativen?

„Wenn man es mit dem Begriff zunächst einmal nicht allzu genau nimmt, so hat es zu allen Zeiten Bürgerinitiativen gegeben. Die altgriechischen Scherbengerichte gehören ebenso in diesen Zusammenhang wie die Bemühungen mittelalterlicher Stadtbürger um den Dombau, die Sorge des Turnvaters Jahn ... um die körperliche Ertüchtigung des Volkes, die Aktivitäten der Gesellen- und Arbeitervereine oder die Gründung des Internationalen Roten Kreuzes durch den Genfer Bürger Henry Dunant. Wo immer außerhalb der politischen Herrschaftsinstitutionen stehende Angehörige des Gemeinwesens in Ergänzung obrigkeitlicher Fürsorge oder in konstruktiver Auseinandersetzung mit ihr initiativ geworden sind, um Mitgestaltung des sozialen Lebens bemüht waren, handelte es sich gewissermaßen um ‚Bürgerinitiativen'."

So allgemein, wie das P. C. Mayer-Tasch in seinem Buch: „Die Bürgerinitiativbewegung" beschreibt, verstehen er und wir alle heute die Bürgerinitiativen nicht mehr. Wir meinen nicht so etwas wie die mittelständischen Selbsthilfeorganisationen (etwa Bau- und Sparvereine), die um die Jahrhundertwende entstanden oder die zahlreichen caritativen Bürgervereine nach dem Ersten Weltkrieg vor allem im Ruhrgebiet.

Wer heute von Bürgerinitiativen spricht, meint das, was Mitte der 60er Jahre begann. Bis dahin galt – zumindest für den deutschen Staatsbürger – noch weitgehend die Parole: *„Ruhe ist die erste Bürgerpflicht"*, die Friedrich Wilhelm III. 1806 nach der verlorenen Schlacht von Jena ausgegeben hatte.

Erst jetzt, nach Zerstörung und Wiederaufbau, begann der „unpolitische Deutsche" sein Profil zu ändern, man könnte auch sagen, der „Untertan" entdeckte die Demokratie und damit seine Pflicht, die Repräsentanten nicht nur zu wählen, sondern ihnen auch auf die Finger und „unter die Talare" zu schauen.

Natürlich machten das nicht alle. Ein paar waren es, meist junge: Studenten. Ausgerüstet mit den kritischen Maßstäben neuer Soziologen und Philosophen wurde das ebenso schnell wie gedankenlos aufgebaute „System" infrage gestellt. Man kümmerte sich um die Welt (Vietnam-Krieg), um die inneren Verhältnisse (Notstandsgesetze) und um den privaten Lebensbereich (Kommunen, Kinderläden).

Worum man sich zu kümmern vergaß (oder vergeblich mühte), war, wie man das „Neue" den Massen verständlich machen konnte. Die Gummiwand der großen Koalition und des angenehmen Sattseins nahm der Bewegung die Stoßkraft. Die Apo (**A**ußer**p**arlamentarische **O**pposition) verdunstete (Resignation oder Einstieg in normale Karrieren), versickerte

(auf dem Marsch durch die Institutionen) oder explodierte (in wirkungslosen verzweifelten Terroraktionen).
Was blieb, war allerdings die Erfahrung, daß man zusammen was machen kann. Vielleicht waren ja die Ziele falsch gewählt und die Mitstreiter zu wenig breit gestreut. Wir wollen hier nicht die Geschichte der Protestbewegung schreiben, sondern lediglich auf den Nährboden für die Initiativ-Bewegungen unserer Tage hinweisen.
Und zweifellos ist es so, daß sich die „versickerte Apo" als ein Wissen um Aktionsformen und Protestmöglichkeiten in den vergangenen zehn Jahren unterschwellig so weit ausgebreitet hat, daß heute von Menschen Aktionsgruppen gegründet werden, von deren Mitarbeit die studentische Apo nur träumen konnte (Frauen, Alte, Kinder und Jugendliche, Ausländer).
Dieses „basisdemokratische" Erbe stellt – um im Bild zu bleiben – sozusagen den Grundwasserspiegel dar, aus dem sich die überall sprießenden Initiativen nähren. Zu diesem „Erbe" gehört auch das kritische Bewußtsein, daß nicht alles Gold ist, was die Obrigkeit dafür ausgibt. Zuviele spüren buchstäblich am eigenen Leib, daß die lauthals propagierten (alten) Rezepte nicht mehr recht taugen, um die Probleme unserer Tage zu lösen.
Und deshalb entschließen sich immer mehr Bürger dazu, den sogenannten „Sachzwängen", hinter denen die Politiker ihre Abhängigkeit von mächtigen Interessengruppen zu verbergen suchen, Menschenzwänge entgegenzusetzen: Gesundheit, Freude, Gemeinschaft, Natur gegen effiziente Wirtschaftlichkeit. Und weil sie – auch bei der Apo – gelernt haben, daß das – zumindest in Deutschland – nicht mit einer umfassenden Gesellschaftsveränderung möglich ist, deshalb setzt jeder seine Kraft da ein, wo er gerade steht.
Genau deshalb auch ist die *Bewegung* so bunt, deshalb auch fehlt ihr die grundlegende Theorie, was nicht heißt, daß sie keinen Grundgedanken besitzt. Dieser Grundgedanke heißt – so glauben wir: *Mehr Menschlichkeit wagen!*
‚Mensch-lichkeit' deshalb, weil es letztlich immer um den

Menschen geht, auch wenn man „nur“ ein paar Frösche über die Straße trägt. ‚Wagen‘ deshalb, weil sich die Initiativgruppen durchaus nicht als die naiven Träumer erweisen, als die sie ihre Gegner gerne hinstellen, sondern sie sehen sehr wohl, daß gewohnte Errungenschaften, Bequemlichkeiten auch, aufgegeben werden müssen, wenn etwas Neues entstehen soll.

Damit Neues entstehen kann, muß sich Altes bewegen. Initiativen wollen bewegen. Diejenigen aber, die mit allen Mitteln ihre Position erreicht haben, wollen, daß sich möglichst wenig bewegt. Initiativen sind ihnen lästig. Sie zwingen die Herrschenden zu demokratischem Verhalten. Gustav Heinemann hat das schon vor zehn Jahren sehr viel klarer gesehen, als viele, die heute von uns nach Bonn gewählt wurden: „Bürgerinitiativen tragen dazu bei, daß wir uns unserer Freiheit bewußt werden. Sie haben ihre Grundlage, aber auch ihre Grenze in der Verfassung. Sie gehören zu einer lebendigen Demokratie.“

Zum Schluß noch das, was ordentliche Autoren eigentlich an den Anfang stellen, damit ordentliche Leser wissen, wovon die Rede ist: die Definitionen.

Bei uns stehen sie am Schluß, weil wir eigentlich nicht etwas festschreiben wollen, was sich selbst oft so spontan und beweglich versteht und sich nicht darum schert, ob es in eine Definition paßt oder nicht. Im Gegenteil, was sich definieren läßt, ist dingfest gemacht, und vielen Initiativlern deshalb schon suspekt. Trotzdem, hier sind zwei Definitionen, die uns gleich gut gefallen:

– Die Bürgerinitiative ist „eine neue Form politischer Selbstorganisation einer räumlich und zahlenmäßig relativ eng umgrenzten Gruppe von Menschen, die aus einer selbst oder bei anderen erlebten Betroffenheit heraus gemeinsame Interessen erkennen, formulieren und zu deren Durchsetzung auf konkrete und begrenzte Ziele vorübergehend gemeinsam hinarbeiten, um eine Verbesserung bzw. Verhinderung einer Verschlechterung im außerberuflichen Lebensbereich zu erzielen."

Knirsch/Nickolmann

– Bürgerinitiativen sind „spontan ins Leben gerufene, von einer mehr oder weniger losen Organisation getragene Gruppierungen von (Staats-)Bürgern . . ., die aus einem konkreten Anlaß oder im Zeichen einer allgemeinen Zielsetzung zu Selbsthilfeeffekten arbeiten und (oder) – auf kommunaler, regionaler und überregionaler Ebene – Einfluß auf politische Willensbildungsprozesse zu gewinnen suchen."

P. C. Mayer-Tasch

Ein Allerletztes:

Wir sprechen in diesen Vorbemerkungen allgemein von Bürgerinitiativen, obwohl unser Buch von Jugendinitiativen handeln soll. Wir machen das mit Bedacht, weil wir nicht glauben, daß man die Aktivitäten Jugendlicher aus dem allgemeinen Geschehen im Staate ausgrenzen darf. Wir haben oben gesagt, daß jeder das seine an seinem Platze tut. Die Jugendinitiative tut das ihre, für sich, aber nicht nur für sich, sondern auch für ein Ganzes. Es gibt keine Jugendwelt. Jede Jugendinitiative ist eine Bürgerinitiative. Wie sich bei den Recherchen herausstellte, vermischen sich in vielen Initiativen die Altersgruppen sowieso. Was unsere Politiker in Sonntagsreden so gern fordern, daß nämlich Jung und Alt gemeinsam am Wohl des Staates arbeiten sollen, in den Initiativen ist das längst an der Tagesordnung. Nur daß man da oft ein anderes „Wohl" im Auge hat.

Die erwähnten Bücher:

Robert Jungk: Menschenbeben – Der Aufstand gegen das Unerträgliche; Verlag C. Bertelsmann, München; 1983, 223 Seiten.

Hans-Eckehard Bahr (Hrsg.): Wissen wofür man lebt – Jugendprotest Aufbruch in eine veränderte Zukunft; Kindler Verlag, München, 1982, 233 Seiten.

Falk Lohrengel: Initiativgruppen in der BRD, in Österreich und in der Schweiz; Knaur Wissen aktuell, München Zürich, 1980; 206 Seiten (ein Adressenverzeichnis).

Jugend 81 – Lebensentwürfe Alltagskulturen Zukunftsbilder (die sog. Shell-Studie); Jugendwerk der Deutschen Shell; Verlag Leske + Budrich, Opladen 1982/83; 3 Bände und ein Ergänzungsband.

Joseph Huber: Wer soll das alles ändern? – Die Alternativen der Alternativbewegung; Rotbuch Verlag, Berlin, 1980, 143 Seiten.

Reimar Oltmanns: Du hast keine Chance, aber nutze sie – eine Jugend steigt aus; Rowohlt Verlag, Reinbek, 1980, 283 Seiten.

Klaus Dörre/Paul Schäfer: In den Straßen steigt das Fieber – Jugend in der BRD; Pahl-Rugenstein Verlag, Köln, 1982, 221 S.

Hermann Glaser (Hrsg.): Die Nürnberger Massenverhaftung – Dokumente und Analysen; rororo aktuell 4854, Reinbek, 1981, 315 Seiten.

P. C. Mayer-Tasch: Die Bürgerinitiativbewegung – Der aktive Bürger als rechts- und politikwissenschaftliches Problem; rowohlts deutsche enzyklopädie; Reinbek, 1976, 184 Seiten.

Hanspeter Knirsch/Friedhelm Nickolmann: Die Chance der Bürgerinitiativen – Ein Handbuch; Hammer Verlag, Wuppertal, 1976, 147 Seiten.

Jugendprotest im demokratischen Staat – Zwischenbericht 1982 der Enquete-Kommission des Deutschen Bundestages gemäß Beschluß vom 26. 5. 81; in: Zur Sache, Themen parlamentarischer Beratung 1/82.

„Was wir wollen – Freizeit ohne Kontrollen"

Die Jugendinitiative Moosburg – JIM

Fahrradrallye oder Moosburg mäandrisch

Wie ich später erfahre, hat sich Gerold die Zick-Zack-Strecke auf seinem Balkon ausgedacht. Er ist für die skurillen Ideen in der Gruppe zuständig, z. B. läßt er die Teilnehmer der Fahrradrallye später einen alten Drahtesel zerlegen, die Teile um den Sportplatz schleppen und wieder zusammensetzen. Nicht nur darüber fluchen die Radler, sondern vor allem darüber, daß Gerold sie immer wieder in überflüssigen Mäandern durch die Straßen schickt. Am Ende aber sind sie doch alle bei der Stange geblieben, und mir hat Gerold auf diese Art und Weise ganz Moosburg gezeigt.
Wie jedes Jahr bietet die JUGENDINITIATIVE MOOSBURG, kurz JIM genannt, ein Sommerprogramm für Daheimgebliebene an. An diesem heißen Spätsommertag steht die Rallye auf dem Programm. Nach dem Sonntagsbraten finden sich 23 elf- bis fünfzehnjährige Jungen und Mädchen vor dem Gruppenraum, dem JIM-NESTL, ein. Der zuständige Verkehrserziehungsbeamte von der Polizei schaut vorbei (später wird er an einer Rallyestation die Räder prüfen und Fragebögen ausfüllen lassen), und auch der Redakteur der Lokalzeitung taucht auf; das zeigt einerseits, was in Moosburg alles nicht los ist, aber andererseits auch, daß die Aktivitäten der JIM sehr wohl öffentlich beachtet werden.

Nachdem man noch beschlossen hat, zwei Mofafahrer nicht mitmachen zu lassen (sie fahren dann doch ständig neben uns her), gibt Gerhard, der Kassier, das Startzeichen, und wir fahren los.
Moosburg liegt von München aus gesehen 50 Kilometer ins Niederbayrische hinein, da, wo die Amper in die Isar mündet und später einmal die Düsenjets vom umstrittenen Flughafen München II nach Norden abbiegen werden.
Jetzt in den Ferien und vor allem am Sonntag zur Mittagsschlafzeit ist alles wie ausgestorben. Aufgeräumte Häuschen-Idylle zwei Stunden lang. Einzig in einer Ecke, wo die Straßen nach den ehemaligen deutschen Ostgebieten benannt sind, ein ehemaliges Lager für Flüchtlinge.
„Ja", sagt einer meiner Mitradler, „das sind Baracken, und die, die drin wohnen, das sind die Kanaken." Er hält das für einen hübschen Reim.
Ich sehe Türkenfamilien in den Höfen beieinandersitzen: das einzige Zeichen nachbarschaftlicher Gemeinsamkeit, das ich erlebe an diesem Nachmittag.
Später gesellt sich Gerolds Mutter mit gelber Mütze und

Klapprad zu unserer Gruppe. Sie wollte die Rallye mitfahren, hat aber die Stationen übersehen.
Was sie von der JIM halte, frage ich sie. Sie bekundet ihr Wohlwollen, wenngleich ihre Skepsis deutlich zu spüren ist, vor allem wegen ominöser Drogengeschichten und politischer Tendenzen. Mein Gott, meint sie, die protestieren halt auch gegen die Raketen, aber das sei doch sinnlos.
Ich weiß nach zwei Stunden Erkundungsfahrt durch die Stadt eins ganz sicher: Moosburg hat nichts so nötig wie seine Jugendinitiative. Und die Stadtväter sollten nicht bloß neue Tennisanlagen und Friedhöfe planen, sondern endlich auch das seit drei Jahren versprochene Jugendhaus einrichten.

"Das Moosburger Freizeitangebot.

In Moosburg sind gute Freizeitangebote leider Mangelware. Lediglich in einigen Vereinen und Organisationen (Pfadfinder, DGB-Jugend, Rot Kreuz, Kolping, BDKJ) können sich Mitglieder betätigen. Dann gibt es noch 25 Wirtschaften, eine Eisdiele und zwei Diskotheken ... Neuerdings müssen Jugendliche im Eisstadion sogar als Zuschauer Eintritt zahlen, wodurch eine weitere Möglichkeit, sich zu treffen, gestorben ist."

aus der JIM-Zeitung „Made in Moosburg“
Nr. 0, Jan. ’81

Vom Jugendparlament zur JIM

In den Zeiten, als unsere Regierenden noch mehr Demokratie wagen wollten, gründeten auch die Moosburger ein Jugendparlament. (Übrigens: Moosburg hat einen CSU-Bürgermeister, der der JIM durchaus zugetan ist. Wahrscheinlich weiß er sehr genau, was ihm und seiner Kasse die ehrenamtliche Arbeit der Jugendinitiative alles erspart.) Doch dem Moosburger Jugendparlament ging es nicht anders als allen Jugendparlamenten landauf landab. Die Delegierten der Vereine und

Verbände stritten sich mit den freigewählten, die erwachsenen „Berater" von Parteien und Kirchen drängten sich in den Vordergrund, der einzige sozialistische Delegierte füllte den Stadtrat mit Skepsis gegenüber dem ganzen Verein. Außerdem hatte das Jugendparlament keinerlei Kompetenzen und war – sieht man von der Organisation und Discoparties ab – zur Wirkungslosigkeit verurteilt.
Nach einem Jahr, im Juni 1980, löste sich das Jugendparlament wieder auf.
Aber noch während der letzten Sitzung beschlossen Georg, Gerhard, Till und andere, die Jugendarbeit unter anderem Namen und auf anderer Basis weiterzuführen.
Man gründete einen Verein, wurde als gemeinnützig akzeptiert (muß also keine Steuern zahlen) und konnte schon bald einen eigenen Raum beziehen, den der Bürgermeister noch dem Jugendparlament versprochen hatte. Man entwarf eine Satzung und ein Grundsatzprogramm, das auf einem ersten Flugblatt pointiert veröffentlicht wurde:

„JIM – DAMIT WAS LOS IST IN MOOSBURG":

Machen wir was los – los, machen wir was

Im Juli 83 erscheinen in der Presse (auch überregional) große Geburtstagsartikel: „Drei Jahre ‚JIM' in Moosburg". Die Statistiken können sich sehen lassen:

- etwa 80 Filmnachmittage
- ein Dutzend Konzerte
- Diskussionsveranstaltungen
- zwei Friedenswochen
- drei Jugendwochen
- etwa 15 Super-Feten in der alten Turnhalle
- dazu wöchentliche Arbeitsgruppen und das Ferienprogramm

WAS WIR UNS VORSTELLEN :

-- eigene Ideen verwirklichen

-- die Sau rauslassen

--selbst unser Programm gestalten

--aus dem Alltagstrott ausbrechen

-- Spaß haben

-- Freizeitmöglichkeiten schaffen

-- Diskutieren, Feten feiern, Spontan sein

-- auch mal "Mist" machen können

-- uns endlich mal ungezwungen treffen

-- nicht nur reden, sondern auch was tun

-- hart arbeiten, falls es sein muß

-- zeigen, daß wir selbst was auf sie Beine stellen können

-- kritisch mit uns selbst und anderen sein

WAS WIR NICHT WOLLEN :

-- Bevormundung

-- angepaßt sein

-- keine Parteipolitik

-- langweilige Versammlungen und öde Theorie

-- inaktive Mitglieder

-- Erwachsene, die sich einmischen

-- manipuliert werden

70 000 Mark wurden ‚umgesetzt', eine Musik- und Lichtanlage für 4 000 Mark gekauft und viel, viel gearbeitet. Es gibt Zuschüsse und Ausfallbürgschaften von der Stadt und der Sparkasse. Im Mai 82 wurde man zum Empfang beim Bundespräsidenten eingeladen, was natürlich stolz machte.
In dem Bericht, den Georgs Schwester Marianne für die JIM-Zeitung über den Ausflug nach Bonn schrieb, ist allerdings ein skeptischer Unterton nicht zu überhören. Zitat einer Frage an Helmut Kohl: „Mir drängt sich die Frage auf, ob Sie wirklich den Vorsatz haben, die Probleme, die so angeschnitten werden, in Ihrer so von Sachzwängen bestimmten politischen Arbeit zu berücksichtigen und daraus Konsequenzen zu ziehen?" (Heft 6/82)
Der Wermutstropfen in der Bilanz: An einen Umzug aus dem engen JIM-NESTL in ein eigenes Jugendhaus, über das sich der Stadtrat seit Bestehen der JIM streitet, glauben die JIM'ler inzwischen nicht mehr.

„Dann fühlst du dich irgendwie ein bißchen höher."

Ich hatte mich mit Georg, dem Vorsitzenden der JIM, für zehn Uhr vormittags im NESTL verabredet. Auf einem staubigen Platz steht die alte Turnhalle, und das alte Wasserwerk klebt hinten dran. Die Stadt hat die Rohre rausgerissen und den Raum „büromäßig" renoviert. Mit Farbe, gemalten Karikaturen, einem einsamen Blumentopf und alten Sesseln wurde der Raum zum Nest verwandelt.
Jetzt warten auf mich sechs Jungs und zwei Mädchen: der „harte Kern".
Ich frage sie nach der Motivation. Was gibt ihnen die Arbeit persönlich? Es kann ja nicht bloß eine caritative Ader sein, ein Sich-opfern-wollen für andere, das sie nun schon über Jahre hin, Woche für Woche, diese Arbeit tun läßt, trotz aller Widrigkeiten und Rückschläge und dem ständigen Frust über die Interesselosigkeit ihrer Zielgruppe.

Die Antworten scheinen mir so typisch – wir haben sie bei unseren Besuchen immer wieder so oder so ähnlich gehört –, daß ich sie hier wörtlich zitieren möchte.

Gerhard (nach Abitur zur Zeit bei der Bundeswehr, 22 Jahre): „Für mich war das eine sinnvolle Freizeitgestaltung, und ich hab in der Gruppe meinen eigenen Interessen nachgehen können. Ich konnte eben eine Zeitung machen, zum Beispiel. Das Gefühl der Unabhängigkeit, das ist sehr viel wert. Wir können unsere Angebote selbst schaffen und da können wir stolz drauf sein."

Georg (nach Abitur Beamter beim Lastenausgleichsamt, 25 Jahre): „Wir haben keinen 50jährigen Jugendleiter, der immer sagt, das und das müßt ihr machen. Und das steigert bei jedem das Selbstwertgefühl, wenn man sieht, man kann was zerreißen. Man kommt ja immer mal an den Punkt, wo man denkt, das kann ich nicht, das ist zu schwierig. Aber irgendwie schafft man's doch. Und plötzlich hat man gegenüber der Stadt oder den Behörden ein ganz anderes Durchsetzungsvermögen. Man kriecht da nicht hin als Bittsteller, sondern stellt diesen und jenen Antrag. Und jetzt entscheidet mal!
Früher hätte man sich vielleicht nicht mal rauf getraut, weil da der Herr Bürgermeister nach A 16 bezahlt wird oder sonstwas. Und auch in der Diskussion in den Arbeitsgruppen bringt's was. Man lernt, miteinander was zu machen und man lernt Konflikte in der Gruppe auszutragen und seine Meinung zu vertreten, nachdem man anfangs nicht mal das Maul aufgebracht hat."

Till (nach Ersatzdienst Studium in München, 22 Jahre): „Es sind ganz klar persönliche Bedürfnisse, die ich hier verwirklichen kann. Es geht ja nicht, daß man hier bis zur Selbstaufgabe arbeitet und das alles bloß für andere macht. Das hat auch mit Ehrgeiz zu tun, und man ist einfach stolz, wenn man z. B. endlich den Raum vom Bürgermeister gekriegt hat."

Gerhard: „Das geht aber nur, weil wir uns mit unseren Veranstaltungen identifizieren können. Das sind ja nicht Kommerzsachen, sondern wir sehen einen gewissen Sinn dahinter."
(Jetzt wird dem Gerold das Wort erteilt, der sich noch nicht so durchsetzen kann gegen die alten Hasen.)

Gerold (Schüler, 11. Klasse): „Wenn man so an die Öffentlichkeit geht: Wie ich mein erstes Flugblatt gemacht hab und dann gesehen hab, – weil ich hab gleich meine Initialien hingemacht–, das ist schon ein ganz anderes Gefühl und so. Zum Beispiel, wenn dich jeder fragt, was macht ihr denn als nächstes? Und du kannst was sagen. Dann fühlst du dich irgendwie ein bißchen höher, oder so."
(Auch Angelika will was sagen, sagt Georg. Es soll ja nicht der Eindruck entstehen, hier hätten die Mädchen nichts zu melden.)

Angelika (Schülerin, 13. Klasse): „Nach einer gelungenen Veranstaltung, wenn man sieht, wie sich die Leute freuen, dann freut einen das selbst auch wieder. Und das ist eigentlich das Wichtigste."

Till: „Man lernt auch Leute kennen."

Michael (Schüler, 11. Klasse): „Man sammelt Erfahrungen für's spätere Leben durch den ganzen Geschäftsverkehr."

Angelika: „Man lernt, daß man was sagt." (Das sagt sie allerdings ganz leise.)

Anspruch und Wirklichkeit oder Alles ist so lasch und träge

Nun könnte der Eindruck entstanden sein, daß da eine Gruppe sozialer Supermänner am Werk sei, die allen Schwierigkeiten die Stirn bieten und jede Klippe locker zu umschiffen imstande wären. Dem ist durchaus nicht so, und die Gruppe verheimlicht das auch nicht. Zwischem dem Anspruch, unter dem man angetreten ist, und der Alltagsarbeit klafft oft ein schier unüberwindlicher Graben.
Auszug aus der JIM-Zeitung 8/82:

"Die JIM begreift sich als ein Zusammenschluß von Jugendlichen unterschiedlicher Anschauungen, Interessen und Bedürfnissen. Allen ist jedoch gemeinsam, daß sie freiwillig in ihrer Freizeit Initiativen entwickeln wollen, gleichgesinnte oder unentschlossene Jugendliche für eine Mitarbeit bei der Verfolgung ihrer Interessen anzuregen."

Aus dem Grundsatzprogramm:

"... die Aufgaben der JIM dürfen sich nicht darin erschöpfen, die Konsumorientiertheit vieler Jugendlicher zu unterstützen.

Eines der obersten Ziele der JIM ist es, sich für die Einrichtung eines Jugend- und Freizeitzentrums einzusetzen.

Eine heterogene Struktur (ausgeglichenes Verhältnis nach Alter, Geschlecht und Ausbildung) des Vereins sollte gefördert werden."

Was ich jetzt sehe, ist, daß da eine Gruppe engagierter Jugendlicher für die anderen etwas aufzieht. Ja, gibt Till zu, was schwer fällt, sei, andere Leute zur Aktivität zu bewegen, also daß die lernten mit Hilfe der JIM eigene Interessen zu verfolgen.

Und Georg bestätigt: „In den drei Jahren ist es sicher gelungen, das Freizeitangebot attraktiver zu machen. Aber es ist nur in Ansätzen zu sehen, daß wir den Moosburger Jugendlichen sowas wie eine Initiative eingepflanzt hätten.“
Mehr als ein/zwei Neue pro Jahr finden sich nicht. Daraus könnte durchaus ein Nachwuchsproblem entstehen, wenn die Alten satzungsgemäß mit 25 ausscheiden.
Nicht gelungen ist es auch, Lehrlinge in der JIM zu halten. Nachdem da irgendwann mal was mit Haschisch war, zogen sich die „Werktätigen“ allmählich zurück. (Die Zusammenhänge wollte man nicht mehr aufrühren.)
Auch ausländische Jugendliche (ca. 10 % in Moosburg) tauchen außer bei den Discos – wo sowieso jeder kommt – in der JIM nicht auf.
All das bedauert die Gruppe, aber man kann nicht alles machen, sagt Till. Die Gefahr, daß man sich übernehme, sei sowieso schon groß genug.

Geschafft

Als nach drei Stunden die letzten Radler vor dem NESTL eintreffen, sind die Leiter ebenso geschafft wie die Teilnehmer. Angelika, die Leiterin der Veranstaltungsgruppe, ist ein bißchen enttäuscht, daß so wenige teilgenommen haben. Aber Gerold findet genau das gut: jetzt bekomme wenigstens jeder Teilnehmer einen Preis im kleinen JIM-Garten hinter dem NESTL.
Dann sitzen sie noch ein bißchen zusammen. Für die einen sind sie Grüne, für die anderen Linke; die einen sehen lauter Hascher, die anderen nur Chaoten und Asoziale. JIM ist zu brav, sagen die einen, JIM ist zu exotisch die andern. JIM ist eine feste Clique, in die man nicht reinkommt, hört man. JIM verführt die Kinder zum Alkohol, schimpfen manche Eltern. „Eigentlich“, sagt Gerhard, „sind wir mit diesem schillernden Image ganz zufrieden, denn es zeigt, daß es uns gelungen ist,

‚parteipolitisch neutral‘ und ‚programmatisch unabhängig‘ (Grundsatzprogramm) zu bleiben.“
Am Abend trifft sich dann noch die Zeitungsgruppe, und irgendwer wird sicher vorschlagen, daß unbedingt ein Artikel rein muß, der in allen JIM-Zeitungen drin ist und der immer folgendermaßen endet:

"Also Leute, wenn Ihr nicht zu lasch sein wollt, so rafft Euch auf und tut irgendwas. Und wenn's bei der JIM ist. Arbeitsgruppen gibt's genug. Aber dazu werdet Ihr ja bestimmt zu lasch sein. Es grüßt Euch Eure 'lasche' JIM-Zeitung."

„Ich möchte einen Traum malen ...“

Das Jugendteam Selb

„Irgendwann merkst du, du kannst nichts machen. Du hast nirgendwo die Möglichkeiten, Mensch zu sein nach deinen Bedürfnissen.“ Ivan, der gut 30jährige Fachschullehrer, der 1978 das *Jugendteam Selb* gegründet hat, versucht eine Antwort auf die Frage nach dem Warum.

„Du hast das Gefühl, du hast keine Hände, du hast keine Füße, nur einen Kopf mit einem Haufen Scheiße drin und kannst eigentlich nie richtig nachprüfen, ob das stimmt, was du dir ausdenkst. Dann suchst du dir irgendwo eine Nische, wo man noch was machen kann, wo's nicht nur Leben aus zweiter Hand gibt. Lebensqualität ist nur, wenn man was macht.“

Sein Freund Rudi (28 Jahre, Lehrer an der Sonderschule, Ivans Nachfolger als Vorsitzender des Vereins) ergänzt, daß es doch sinnlos sei, wenn man zu Hause im Bett was träume und am Morgen mache man doch nur wieder grauen Alltag.

Später dann, als die Sonne schon in die alten Bäume am Goldberg fällt, beobachte ich Martins Kinder-Theater-Truppe beim Kulissenmalen. Große Pappkartons liegen auf dem Boden, Töpfchen mit Farbe überall, der Asphalt sieht aus wie eine Malerpalette, die Kinder selbst nicht viel anders.

Was sie denn noch malen solle, fragt eine kesse 11Jährige, die am Abend dann auf der Bühne die *Nena* mimen wird? Sie legt dabei ihre grüne Hand auf Martins Rücken. Nach vierzehn Tagen gemeinsamer Arbeit mögen die Kinder ihren 17jähri-

gen Betreuer. Daß Martin dabei einen Farbabdruck auf den Rücken bekommt, führt zu gemeinsamem Lachen. Aktenordner seien noch zu malen, für die Büroszene, sagt Martin.
„Nein, weißt Du, was ich mache?“ sagt die ‚Nena‘. „Ich möchte einen Traum malen.“

Die Kinderstadt auf dem Goldberg

Das Gold, nach dem der Goldberg seinen Namen hat, findet man schon lange nicht mehr. Sogar die weiße Kaolinerde, aus der man seit 1856 das Selber Porzellan machte, ist schon um 1900 herum ausgegangen. Die Porzellanfabriken, von denen Selb heute noch lebt, führen das Kaolin ein.
Früher gehörte der Goldberg zu zwei Unternehmervillen, heute dient er dem Volk zum Lustwandeln und zum Bierfestfeiern. Die sechs Wochen Sommerferien aber gehört er – nun schon zum sechsten Mal – den Kindern. Mit eigener Hände Arbeit bauen sie ihre Stadt.

Erst werden armdicke Fichten gefällt. In die Erde eingelassen und mit Schrauben oder Sisalschnur verbunden bilden sie das Gerüst der Häuser, die dann nur noch mit Scharten (rohem Bretterabfall aus dem Sägewerk) verkleidet werden müssen.
Acht Häuser gibt es diesmal: 1 hufeisenförmiges Theater-und Gemeinschaftshaus; 1 Ytong-Werkstatt; 3 Aktionshäuser mit Seilbahn; 1 Videokino; 1 Gewächshaus aus Plastikfolie; 1 Kleinkinderzentrum mit Sandhaufen und Malwand. Dazu einen selbstgemauerten Brennofen für Tonarbeiten und ein selbstausgehobenes Schwimmbecken.
Im übrigen dehnt sich die Kinderstadt von Fall zu Fall über den ganzen Park aus, z. B. anläßlich einer Kinderolympiade oder des besonders beliebten Völkerballspiels. Und wenn man genauer hinschaut, laufen viele Fäden vom Goldberg in die Stadt und zurück.
Das hat mit dem Konzept des Sommerspielplatzes zu tun. Denn er soll ja nicht bloß das sein, wofür ihn viele Eltern leider immer noch halten: für eine Verlängerung von Schule und

Kindergarten, ein Aufbewahrungsort für die Ferien also. Nein, der Spielplatz ist kein Schutzraum irgendwo außerhalb, für Kinder, die sich die Reise nach Bibione nicht leisten können, sondern ein „integrativer Bestandteil der Stadt". Rudi versucht mir zu erklären, was damit gemeint ist.

„Ein Ort am Rande der Welt"

Selb ist eine mittlere Kleinstadt im Fichtelgebirge, nahe der Grenze zur DDR, also da, wo keine Autobahnen mehr hinführen, weil die Industrie nicht so gern hart am Feind investiert. Selb ist eine Stadt mit Tradition, eine Arbeiterstadt, der es (noch?) gut geht, weil wir alle immer noch Teller fallen lassen. Trotzdem nimmt die Bevölkerung jährlich ab. „Das Kapital einer Gemeinde", wie Rudi die jungen Leute nennt, wandert ab, weil sie an ihre Stadt nichts mehr bindet.
Genau solche Bindungen aber will das *Jugendteam* mit seinen Aktionen knüpfen. Kinder wie Erwachsene sollen erkennen, daß es eine gemeinsame Welt ist, in der sie leben, und daß diese Welt gemeinsam zu gestalten ist, wenn es ihre Welt sein soll. Dann, und nur dann, können sie sich auch mit dieser Welt identifizieren und können dableiben und der Konsumverlockung der größeren Zentren widerstehen.

Eine Aktion als Beispiel
Thema: Wie arbeiten unsere Eltern?

Nach dem gemeinsamen Frühstück auf dem Platz werden Kindergruppen gebildet. Mit einem Betreuer gehen sie in die Porzellanfabrik, ins Büro etc. Sie beobachten, machen Interviews mit Tonband, Videoaufnahmen. Sie achten vor allem auf die Geräusche, den Rhythmus der Arbeit. Zurück auf dem Platz wird das Erlebte in zwei Gruppen verarbeitet.

Theatergruppe	Musikgruppe
Die erste Gruppe stellt das Erlebte in Pantomimen dar. Das geschieht z. B. in Form eines Ratespiels: Einer spielt was vor, die andern müssen raten, was es darstellt. Rollen und Szenen bilden sich heraus und werden festgelegt. Die Proben beginnen. Zur Auflockerung Handwerken: Schminken, Kostüme machen, Kulissen malen.	Die zweite Gruppe versucht, die gesammelten Eindrücke musikalisch zu verarbeiten. Sie bauen Geräuschinstrumente: Rasseln, Knattern, Schaber etc. Rhythmen kristallisieren sich heraus, Geräuschfolgen, Musikstücke. Man legt fest. Probt. Bildet ein Krawallorchester.

Schon in der Vorbereitung gibt es viele Berührungspunkte der beiden Gruppen: gemeinsames Anhören der Bänder, Anschauen der Videos etc.
Am Ende verbinden sich die beiden Gruppen bei den Proben und der abschließenden Aufführung. Die Aufführung wird aus der Kinderstadt herausgetragen in den gemeinsamen Lebensbereich, in die Fußgängerzone. Der Kreis schließt sich. Kinder und Erwachsene machen gemeinsame Erfahrungen über sich.

Das Jugendteam

Vor sechs Jahren brachte Ivan die Idee aus Kempten mit. Es wird woanders Ähnliches geben. Das besondere am Selber Modell ist, daß die eigentliche Arbeit von Jugendlichen getan wird. Die Erwachsenen schaffen nur die Freiräume. Sie organisieren die Rahmenbedingungen, das Geld von der Stadt (derzeitiger Etat: DM 25 000,–), den Platz, einen Teil der Öffentlichkeitsarbeit, die Vorbereitung der Betreuer.

Die Betreuer, meist Gymnasiasten zwischen 15 und 19, machen dann die Aktionen weitgehend selbständig. (Zum Beispiel arbeitete diesmal als einziger Erwachsener Rudi als Betreuer auf dem Spielplatz, und das auch nur 14 Tage.)
Mitarbeiter zu finden, ist wie überall nicht ganz einfach. Auch hier gelang es nicht, Lehrlinge in die Gruppe einzubinden. Die Schüler sind meist Mitglieder des gemeinnützigen Vereins *Jugendteam* und treffen sich das ganze Jahr über einmal wöchentlich in einem Vereinslokal. Allerdings bleibt da nur noch ein kleines Häuflein Aktiver aus der großen Zahl von etwa 80 Vereinsmitgliedern.
Alles fing an mit einem feuchtfröhlichen Burschenverein von der Jungen Union, dem sich der frisch zugezogene Ivan anschloß. Doch außer ein paar Tanzveranstaltungen brachte man dort nichts zustande.
Dabei waren die Angebote für Kinder und Jugendliche in Selb sehr dünn gesät. Also begann Ivan seine Idee in die Tat umzusetzen. Ein Zuschuß von der Stadt von DM 2 500,- machte 1979 einen vierzehntägigen Versuchsspielplatz möglich. Die Idee erwies sich als doppelt erfolgreich: Jugendliche bekamen eine Möglichkeit, aktiv zu werden, und Kinder hatten plötzlich kreative Spielmöglichkeiten, von denen sie auf den genormten Fertig-Spielplätzen nur träumen konnten. (Wie kann man in einer Betonröhre, die so tut, als wäre sie eine Eisenbahn, einen Traum malen?)
Reibereien mit der Jungen Union führten zum Glück nur dazu, daß ihr Verein abstarb und das *Jugendteam Selb* aus seiner Asche erstand.
Heute legt man Wert darauf, politisch unabhängig zu sein. Direkt politische Aktionen (z. B. Friedenswochen, Umweltinis) werden vermieden. Aber jeder weiß, daß das ‚harmlose' Konzept – Materialerfahrung, Sozialerfahrung, Entwicklung von Kreativität – durchaus auch politisch ist; denn bewußtere Leute sind auch mündigere Leute, Leute, die ihre Bedürfnisse kennenlernen, werden auch fordern, daß die Bedürfnisse befriedigt werden. (Versuche der konservativen Opposition

im Stadtrat, die die Integrität des *Jugendteams* in Frage stellten, beweisen denn auch, daß man die Bedeutung dieser offenen Jugendarbeit klar erkannt hat.)
Der Sommerspielplatz ist die spektakulärste Aktion des *Jugendteams,* aber es wird versucht, das ganze Jahr über aktiv zu bleiben. Man veranstaltet auch einen Winterspielplatz im Schnee, hat schon ein Jahr lang eine Wochenzeitung gemacht, eine Eisrevue auf die Schlittschuhe gestellt, Theater gemacht. Ende Februar beginnt schon die Vorbereitung für den Goldberg mit einer Walpurgisnacht-Feier (Kinder sammeln das Brennmaterial), einem Seminar für Betreuer, einer Spielzone in der Fußgängerzone als Probelauf und anderen vielfältigen kleineren Lebenszeichen.

Warum macht Ihr das?

Martin und Dani (beginnt gerade sein Theologiestudium), die beide schon zum zweiten Mal Betreuer waren, sind sich einig, daß es nicht die DM 370,– Entschädigung für die 14 Tage Arbeit sind, obwohl es auch Leute gebe, die halt in der Fabrik keine Arbeit bekommen hätten und deshalb den Spielplatz machten. Aber ohne inneres Engagement gehe es nicht. Dann freilich sei es eine tolle Arbeit, was Kreatives anzufangen, ein Gegengewicht zum Kommerz herzustellen, vor allem aber Kontakt zu den Kindern und vor allem zu den sozial Schwächeren zu bekommen, die sich den Urlaub nicht leisten könnten. Das läßt einen dann die Mühsal und den Frust aushalten und auch die Schwierigkeiten, z. B. mit prügelnden Jugendlichen, die zum Teil stärker als die Betreuer und Beschwichtigungsworten überhaupt nicht zugänglich seien.
Rudi, der Erwachsene, der praktisch seine Freizeit in das *Jugendteam* steckt, nennt eine dreifache Motivation:
Persönlicher Grund:
„Wir haben natürlich eine persönliche Befriedigung. Ohne so einen Raum, in dem ich aktiv werden kann – in dem Fall

besteht der Raum aus Geld und Platz –, ohne diesen Raum könnte ich nicht leben. Ich möchte auch eine Reibung spüren, damit ich merke, wer ich bin und was ich für eine Entwicklung nehme."

Sachlicher Grund:

„Von der Sache her ist diese Arbeit auch begründet: Wir haben in Selb überwiegend Arbeiter, d. h. viele Kinder sind da, nebenbei gesagt ein hoher Prozentsatz an Lernbehinderten und Erziehungsschwierigen. Es gibt nur ein geringes Angebot für Kinder. Die Stadt ist an den Kindern vorbei gebaut – autogerecht.

Es ist sinnvoll, für Kinder was zu machen, denn sie sind das Kapital der Gemeinde."

Ideologischer Grund:

„Die Leute, die das *Jugendteam* machen, stimmen überein in der Lagebeurteilung in unserem Land: Es ist ein Wohlfahrtsstaat, dessen politischer Zusammenhalt dadurch gesichert ist, daß die Leute von oben zentral versorgt werden mit allem, vom Bratwürstl bis zur Meinung. Was dabei abstirbt ist eigentlich das Leben, die Entwicklung der Persönlichkeit. Als Mensch verwirklicht man sich erst, wenn man sich in irgendwelchen sozialen Bezügen realisiert. Und darum muß ich aktiv werden."

Ein Fest – Ein Spaß – Ein Lernziel: erreicht

Zum Abschluß der 14tägigen Betreuerblocks gibt es abends ein Fest in der Kinderstadt. Die Kinder zeigen, was sie erarbeitet haben: das Theaterstück über einen Kaufhausdiebstahl, die *Nena*-Rock-Show, die Video-Dokumentationen über den Aufbau der Stadt.

Die Kinder sind aufgekratzt, ein paar wenige Eltern lagern mit Hund und Baby um den Grillplatz, die Betreuer atmen auf – bis auf Martin, der mit roten Lampenfieber-Backen die Aufführung seiner Gruppe durchzittert.

Dann kommt der Spaß – das Völkerball-Spiel: alle Kinder gegen alle Erwachsenen und Betreuer. Ein Spiel ohne Ende, da der wieder rein darf, der einen anderen abschießt. (Nebenbei gefragt: Daß es immer die kriegerischen Spiele sind, die uns soviel Spaß machen?)
Die Gefühle gehen hoch. Ein paar steigern sich unheimlich rein. Auch der Autor aus München muß später feststellen, daß er sich Löcher in die Socken gespielt hat.
Da fühlt sich ein Kleiner ungerecht behandelt, flippt aus. Als ihn eine Betreuerin beschwichtigen will, greift er sie an. Andere gehen dazwischen. Die Situation wird kompliziert, weil noch kleinere den Wütenden im Schutz der Betreuer necken. Eine schiebt ihn auf die Schmierseifen-Rutschbahn. Er fällt hin, verliert das Gesicht. Jetzt muß er um sich schlagen. Er verfolgt den Schubser, aber bevor er ihn erreicht, stellt sich ihm ein selbst noch sehr junger Betreuer in den Weg und fordert ihn auf: schlag mich, schlag doch mich, nicht den Kleinen!
Der Gekränkte boxt, mehr symbolisch gegen die Deckung des Betreuers und klettert dann in eins der Häuser. Die *Nena* nimmt ein Kissen mit und klettert zu ihm.
Das Fest hat dann noch eine ganze Weile gedauert.

„Mia san mia“ oder Eigentlich keine Jugendinitiative

Die Jugendgruppe Langenpettenbach

Ein großer kiesbedeckter Platz, ein breiter, selbstbewußter Bauernhof, ein schmächtiger Pfarrhof, die Dorfkirche. Außer den Melkmaschinen ist nichts zu hören.
Das Dramatischste ist die Sonne, die in einem feurigen Föhnhimmel hinter dem Friedhof versinkt. Lebendig sind nur die Schwalben. Aber die sammeln sich schon. Bald ist Mariä Geburt (8. September), da fliegen die Schwalben furt, sagt die alte bayrische Regel.
Was wird dann hier noch los sein?
Was jetzt los ist, liest man im Schaukasten unterhalb der Kirche: eine naturkundliche Wanderung durch die Tier- und Pflanzenwelt des Ambacher Mooses im Glonntal; landwirtschaftliche Fahrzeuge werden nach dem sommerlichen Einsatz überholt; Bebauungspläne; Gemeinderatssitzung; gegen Grippe wird geimpft.
Bis Dachau sind es 18 Kilometer, bis München nochmal 25. Da pendeln die meisten hin zum Arbeiten, wenn sie nicht beim Spediteur, beim Zimmerer oder beim Bauern beschäftigt sind. Der Wirt hat Ferien, die Leute Feierabend, sie haben sich in ihre meist wenig schönen Neubauhäuser zurückgezogen. Der Fernsehabend beginnt. Um halb acht an diesem Freitag im Spätsommer ist Langenpettenbach tot – dachte ich.

Als ich jedoch zehn Minuten später – solang dauert ein Dorfrundgang – auf den Platz vor dem Pfarrhof zurückkomme, traue ich meinen Augen nicht: an die zwanzig Autos, nochmal soviele Mopeds, an die 50 Jugendliche stehen vor der Tür und warten darauf, daß die Pfarrersköchin sie einläßt.
Doch die wartet noch – wie alle – auf den Simmerl, weil sie sich bei ihm beklagen muß, daß sie gestern Nacht von irgendjemandem um halb zwei bei der Nacht aus dem Schlaf geklingelt worden ist. Am Weglaufen hat sie gemerkt, daß es Junge waren. Und das sei schon eine Unverschämtheit.
Der Simmerl, als er endlich kommt, findet das auch und sagt das später auch nochmal schmunzelnd für alle. Der ‚Fall' findet keine Aufklärung, aber man hat den Eindruck, daß die ‚Pfarrer-Mare' hinfort vor nächtlichen Anschlägen geschützt sein wird. Simmerls selbstverständliche Autorität wirkt. Sie läßt ihn auch die Versammlung der schwatzhaften Jugendbande mit einer locker-straffen Souveränität führen, daß in Rekordzeit die Tagesordnung abgehakt werden kann und trotzdem keiner das Gefühl hat, er würde untergebuttert oder seine Interessen hätten keine Beachtung gefunden.
Der Simmerl heißt eigentlich Simon, ist inzwischen 28 Jahre alt, und warum er der Vorstand ist vom Burschenverein und von der Jugendgruppe Langenpettenbach, das erklärt er so: „Bei uns ist es Brauch, wenn du aus der Schule kommst, dann gehst du mit den Älteren mit und irgendwann kommst du dran. Und wer die größte Lätschn (=Klappe) hat, der wird vornehin geschoben. Und dann bist du's. Ist nicht so schlimm. Bis jetzt haben wir uns noch immer zusammengerauft."
Auch jetzt rauft man sich schnell zusammen. Nach einem kurzen, satirisch-ironischen Rückblick auf die Gardasee-Fahrt wird besprochen, was ansteht:

1. Das Marterl
Vor einem Jahr ist ein Freund an seinem Geburtstag verunglückt. Nach Rücksprache mit dem Landrat hat die Gruppe einen Gedenkstein, das Marterl, aufgestellt. Jetzt streiten sie

mit dem Straßenbauamt über die Gefährlichkeit des Steines. Da es noch nichts Schriftliches gibt, will man erst mal abwarten. „Wie's halt so ist", sagt der Simmerl: „Wenn ein Beamter mit dem anderen red't, dann braucht es einen Dolmetscher."

2. Delegiertentreffen zur ‚Aktion Minibrot'
Im nächstgrößeren Ort treffen sich die Vertreter der Jugendgruppen des Kreises wie jedes Jahr, um über Entwicklungspolitik im allgemeinen und über eine Saatguthilfe für Bolivien im speziellen zu reden. (Letztes Jahr hat man ein Alpakaschaf gekauft.) „Wer fährt mit?" fragt der Simmerl. So bestimmt man in Langenpettenbach Delegierte.

3. Jetzt kommt die Pfarrer-Mare und ihre Beschwerde.

4. Braucht man Fahnenträger. Freiwillige sind schnell gefunden.

5. Ist man alle Jahre zum Oktoberfest gefahren und wird das auch dieses Jahr wieder tun. Einer bestellt die Tische, einer den Bus, alles klar.

6. Gilt es, schon jetzt an die Weihnachtsfeier zu denken. Musik muß organisiert werden. Einakter sollen – zum erstenmal – geprobt werden. Versteigerung, Tombola. Und gebettelt muß werden. Das gilt als unangenehm, wird aber auch nach viertelstündigem Hin und Her abgehakt. Was von den Spenden übrigbleibt, fließt einem guten Zweck zu. Letztes Jahr bekam ein Missionspater in Bolivien den Überschuß.

7. Wie wär's wieder mal mit einer Jazz-Messe? Kein Widerspruch. Wie bei allen Tagesordnungspunkten finden sich ein paar, die die Aufgabe übernehmen. Bloß mehr sangesfreudige Männer bräuchte man.

8. Und läßt sich eine Disco-Party auch noch einschieben? Klar. Wer macht's? Zwei Mädchen oder drei. „Gut", sagt der Simmerl und schreibt's auf seinen Zettel. „Und ein Kerl als Kuli!"

9. Will man auch Theaterspielen. Das gab's vor 20 Jahren schon mal und soll wieder aufleben. Und...

10. Fahren sie natürlich zum Treffen der Jugendinitiativen, weil's Essen da nie schlecht ist und überhaupt.

Nach Langenpettenbach gefahren bin ich eigentlich, weil ich gelesen hatte, daß dort eine Gruppe im Rahmen der Nachbarschaftshilfe einer alten, alleinstehenden Frau das Haus wieder hergerichtet hatte. Das stimmte auch.
Die Caritas hatte sie darauf angesprochen, ob sie nicht was tun könnten. Der Pfarrer spendete Brotzeit und was gegen den Durst, und der Bürgermeister sorgte für Material, soweit die Jugendlichen es nicht von zu Hause mitbrachten.
Das Haus wurde hergerichtet. Es gab viel Spaß dabei und Ärger und Lob und machte die Gruppe über den Kreis hinaus bekannt.
Aber die Aktion war einmalig. Sie ist nicht typisch. Die Jugendlichen aus Langenpettenbach und aus den umliegenden Dörfern und Weilern sind kein Caritas-Verein. Sie sind eigentlich gar keine Jugendinitiative in dem Sinn, wie wir sie bei unseren Recherchen überall vorfanden. Sie wurde nicht gegründet, um einem Mangel oder einen Mißstand zu beheben. Sie paßt eigentlich gar nicht recht zu unserer Titel-Frage: „Was kann ich schon dagegen tun?"
Das sieht nur für den Städter vielleicht so aus, der ja immer in Gefahr ist, ein bißchen hochnäsig auf's sogenannte ‚flache Land' herabzuschauen. Man braucht nur einmal zurück zu blättern und sich anzuschauen, wie ich diesen Artikel angefangen habe. Da hat man die Vorurteile schwarz auf weiß. Ich fahre da hin, sehe die Oberfläche und fälle mein Urteil: alles

Packt's alle an …

... dann packen wir's schon.

tot in Langenpettenbach. Klar, denke ich mir, was es hier braucht, ist eine Ini wie in Moosburg, die ein bißchen was losmacht.
Als ich wieder wegfahre, bin ich etwas klüger. Die Jugendgruppe Langenpettenbach wurde nicht von ein paar aktiven Leuten gegründet, weil diese fanden, es sei nichts los in ihrem Nest. Die Jugendgruppe ist einfach da, weil sie – so oder so ähnlich – immer da war.
Der Mädchenverein und der Burschenverein, die zusammen die Jugendgruppe bilden, sind nämlich nichts anderes als ein fester Teil der ländlichen Kultur, die offensichtlich noch sehr viel lebendiger ist, als man in den Städten glaubt. Das bedeutet auch, daß der Bereich der Jugendlichen zwar sehr wohl abgegrenzt ist gegenüber dem der Erwachsenen, daß er aber gleichwohl ein fester Bestandteil des Ganzen bleibt.
Das zeigt sich an vielen der oben aufgeführten Tagungspunkte, die nichts anderes darstellen als die Organisation des jugendlichen Beitrages zum Jahreslauf der ländlichen Gesamtgemeinschaft.
(Nebenbei: Verstärkt wird dieser Zusammenhalt natürlich noch dadurch, daß viele der Jugendgruppler gleichzeitig bei anderen Gruppen Mitglied sind, wie der Feuerwehr, den Schützen o. ä.)
Es gibt in Langenpettenbach keine spektakulären Aktionen zu bestaunen. Aber ich habe dort etwas für unser Thema sehr wichtiges kapiert: Ich habe kapiert, daß es da, wo die Wohn- und Lebensgemeinschaften noch einigermaßen intakt sind, Initiativen gibt, obwohl sie keiner ins Leben ruft, und zwar deshalb, weil Leute, die wirklich miteinander leben, auch miteinander etwas machen (wollen).
Bleibt die Frage, ob sich dieser Gedanke auch umkehren ließe, ob also überall da, wo heute Initiativen entstehen, Leute leben, die an einem Mangel an Gemeinsamkeit ebenso leiden wie an dem speziellen Mißstand, gegen den sie als Initiative vorgehen wollen? Die zunehmende Zahl der Bürgerinitiativen wären also ein Zeichen dafür, daß die Leute nicht länger

wohlversorgt aber zusammenhangslos nebeneinander her leben wollen.
Für die Initiativen würde das bedeuten, daß die Arbeit in der Gruppe (für den Einzelnen) ebenso wichtig ist wie die Arbeit gegen oder für ein Thema. Und deshalb ist die Unterstützung politischer Gefangener ebenso ‚wertvoll' wie das gemeinsame Aufstellen eines Maibaumes.
Der Simmerl und seine Leute scheinen das tief drinnen genau zu wissen, sonst würden sie nicht das ganze Jahr über, praktisch alle vierzehn Tage, irgendwas ‚aufziehen', sei es ein Ochsenrennen oder einen Faschingszug, eine Fahnenweihe oder einen Altennachmittag. Am liebsten freilich ein Fest ...

„Kinder können nicht ohne Zügel zurechtkommen“

Jugendinitiativen und Kommunalpolitik I: Jugendinitiative Alzenau

Nettes kleines Städtchen, denke ich, als ich mit dem Auto dem Schild „Stadtmitte“ folge – Partnerstadt von St. Odenrode, wie sich die Städte wohl gegenseitig finden?
„Die Stadt Alzenau“, werde ich später irgendwo lesen, „eine aufstrebende Industrie- und Wohngemeinde ..., erholsame Spaziergänge und Ausflüge auf gut markierten Wanderwegen in die nähere und weitere Umgebung ... Sehenswürdigkeiten: Burg Alzenau, erbaut 1395 bis 1399, Hahnenkamm (437 m) mit Aussichtsturm, Katholische Stadtpfarrkirche, über 200 Jahre alt ...“
Jetzt parke ich mein Auto direkt vorm Rathaus (na ja, wenigstens gibt's hier keine Parkplatzsorgen) und mache mich auf die Suche nach der Teestube, dem Treff der Jugendinitiative. Es ist erst 18.30 Uhr, aber ab 20.00 Uhr ist hier sicher „tote Hose“. Rechts und links eine Reihe Geschäfte: Tchibo, Jeans-Shop, Video, Eisdiele, Haushaltswaren – kein Wunder, daß die JIAler ihre Stadt „Dorf mit beschränkter Lebensqualität“ nennen.
„Sie können denen ihre Teestube gar nicht verfehlen“. Ich vergesse, den Passanten zu fragen, *warum* ich sie nicht verfehlen kann. Nach 7 1/2 Minuten bin ich durch die Innenstadt durch, rechts und links Häuserzeilen, saubere Vorgärten, saubere Bürgersteige, saubere Gardinen. Halt, nein, hier sind *keine* Gardinen, da wird's wohl sein. In dem Moment kommt auch

Alice (21) über die Straße und steuert auf die Teestube zu: „Ach, du bist wohl die Reporterin...?"
Mein erster Eindruck, als wir den Raum betreten: Mann, wird hier gequalmt!
Zum heutigen Dienstagstreff sind 18 Initiativmitglieder erschienen, davon 6 Mädchen. „Das sind heut nur so viele, weil du gekommen bist," gibt Rainer, langhaarig und sympathisch, zu. Nanu, Ehrfurcht vor „der" Presse oder nur Neugier, was „die über einen schreiben"? Schlechte Erfahrungen mit der Presse haben sie nicht, das „Main-Echo" am Ort schreibt so oft, so positiv und so unterstützend, wie es sich eine Jugendinitiative wohl nur wünschen kann (aber davon später).
Was steht heute abend auf dem Programm? Der Weihnachtsmarkt soll organisiert werden: „Also, ich hab keinen Bock drauf, groß was zu basteln", man einigt sich darauf, Sachen aus dem Dritte-Welt-Laden und heißen „Äppelwoi" zu verkaufen. Ich bekomme gleich den ersten Eindruck, wie schwierig es im „aufstrebenden" Alzenau als Jugendlicher ist, bei Behörden nicht dauernd ins Fettnäpfchen zu treten:
Trixi (17, arbeitslos): „Wir haben wegen des Stellplatzes auf dem Weihnachtsmarkt, wie alle anderen Geschäftsleute auch, eine Ladung ins Rathaus bekommen. Ich geh also da hin, macht der mich doch an: ‚Das Treffen ist **vor** dem Rathaus, 20 Uhr, **vor** dem Rathaus'. Das hat er gleich dreimal gesagt, als hätte ich gerade erst das Hören gelernt. Dann sind andere Geschäftsleute gekommen und haben einfach drinnen Platz genommen. Kein Wort." Die anderen kichern – so etwas kann sie gar nicht mehr erschüttern. Da hat's schon viel schlimmere Situationen gegeben: als z. B. einige beim Besuch von Ministerpräsident Strauß gebuht und gepfiffen haben. Tags drauf „ist das gleich so ausgelegt worden, als ob das eine Aktion der JIA gewesen wäre". Und als dann Kathrin (14, Schülerin) die noch nicht einmal bei der Veranstaltung dabeigewesen war, wegen einer anderen JIA-Angelegenheit zu Bürgermeister Ritter ins Rathaus ging, „wurde sie total zur Sau gemacht. Da

ist sie gleich wochenlang nicht mehr in die Teestube gekommen." (Holger, 21, Student)
Die Atmosphäre in der Runde ist locker, viel Nebenher-Gequatsche, ein Kommen und Gehen, ein Pärchen hat sich etwas abseits gesetzt, schmust und flüstert. Keinen stört's, die Tagesordnung geht weiter.
Wer kümmert sich um die Halle für den Faschingsball?
Wer fährt mit zur Friedensdemonstration nach Neu-Ulm?
Mir fällt der „harte Kern" der Gruppe auf (die reden auch am meisten): Rainer (19, Chemielaborant), Alice (21, Studentin) und Holger (25, Student). Mit Alice, Holger und Christoph hat die JIA angefangen vor 5 Jahren, da waren sie noch Schüler am Spessart-Gymnasium und gehörten zu einer Clique, die miteinander die Schülerzeitung gemacht hatten und auch sonst miteinander befreundet waren. „Wir wollten deshalb eine Jugendinitiative gründen, um die Jugendlichen aus den Kneipen herauszuholen."
(Anm.: das hat sich als sehr schwierig erwiesen, „man" geht natürlich nach wie vor – einschließlich der JIAler – in die „Bierakademie", den Schüler–, Lehrlings- und Studententreff am Ort.)

Wie macht man heutzutage am besten auf seine Anliegen aufmerksam?

Jugendinitiative Alzenau warb mit »Demo« für sich

Alzenau. Sie war klein, aber lustig; nur wenige haben sie beobachtet, aber sie war unseres Wissens die erste in Alzenau: Die »Demo« (wie man heutzutage eine Demonstration nennt), mit der die Jugendinitiative Alzenau auf sich, auf ihre Gründungsversammlung gestern abend und auf Freizeitprobleme von Alzenauer Jugendlichen aufmerksam machen wollte.

Sie war klein, die Demo: Genau 50 Schülerinnen und Schüler versammelten sich gestern mittag, mit Umhängeschildern und knappen Flugblättern ausgerüstet, vor dem Alzenauer Spessartgymnasium. Die JIA (Jugendinitiative Alzenau) hatte dazu aufgerufen. Mit lockerem Schritt, bekannten Melodien mit JIA-Texten, Tröten, Geklatsche und dem eher nett klingenden Kampfruf »Jot-I-A« ging's in Richtung Bahnhof (Bild unten). Dort gesellte sich ein Dutzend Berufsschüler zu den 50 und auf dem Bürgersteig wurde die Hanauer Straße »erobert«. Am Rathaus vorbei zogen die Jugendlichen zur zwei Minuten dauerden Abschlußkundgebung an der Ecke Kaiser-Rupprecht-/Wasserloser Straße (Bild links).

Sie war lustig: «Komm zur JIA, hier kostets nur die Hälfte«, »Todesstrafe für Konsumterror« hieß es zum Beispiel auf den Schildern; »Wir sind die besten, die aller, allerbesten – keiner wird es wagen, die JIA zu schlagen« – »Fürchtet Euch nicht« wurde gesungen.

Was wollen die jungen Demonstranten? Eine andere Art der Freizeitgestaltung. Beispielsweise hat eine Gymnasiastenklasse für sich festgestellt, daß die Freizeit in folgender Reihenfolge verbracht wird: bei Freunden, zu Hause, in Vereinen und in Kneipen. Um das zu ändern, wollen die jungen Leute erst einmal selber Veranstaltungen organisieren. Veranstaltungen, die eine Alternative zum bisherigen Freizeitangebot sein sollen. Zum Beispiel ist im Sommer an ein Folk-Treffen gedacht, an Tanz außerhalb einer Disco, an Diskussionen, Filmvorführungen und ähnliches. All das wurde gestern abend bei der Gründungsversammlung der Jugendinitiative Alzenau e.V. genauer besprochen. Darüber werden wir morgen berichten. ee

„Das war ein richtig guter Start auf der Gründungsversammlung," schwärmt Alice. Sie ahnte damals allerdings nicht, daß ihr und den anderen ein 3 Jahre langer zäher Kampf um eigene Räume für die JIA bevorstehen sollten. „Wir haben sehr viele Fehler gemacht, z. B. in der Strategie mit dem Stadtrat. Wir haben zwar gleich einen eingetragenen Verein gegründet, um besser auftreten zu können, aber immer alles mündlich gemacht. Da konnten wir uns später natürlich auf nichts berufen."

Trotzdem war der Enthusiasmus groß. Es machte Spaß, Musikfestivals zu organisieren, Flohmärkte zu veranstalten, sich privat bei einzelnen Gruppenmitgliedern zu treffen und sich weitere Ziele auszudenken: Theatergruppe, eine Jugendzeitung, Filmvorführungen, öffentliche Diskussionen usw.
Nach einem Jahr hatten die Jugendlichen noch immer keine eigene Teestube und fühlten sich allmählich vom Stadtrat „verarscht“: „Wir sind dauernd rumgerannt und haben Häuser angeschaut und die dann dem Stadtrat benannt. Aber alles ist abgelehnt worden: zu baufällig, zu teuer, Renovierung lohnt sich nicht usw.
Selbst inseriert haben wir:

Raum für öffentliche Teestube gesucht

Die Jugendinitiative Alzenau e. V. sucht für die Einrichtung einer Teestube einen geeigneten Raum. Die Teestube soll für Jugendliche etwa 3mal wöchentlich in der Zeit von ca. 18.00 bis 22.00 Uhr geöffnet sein. Der Verein würde einen Mietvertrag für den Raum abschließen. Da die Stadt Alzenau selbst nicht über geeignete Räumlichkeiten verfügt, wird gebeten, daß sich Eigentümer entsprechender Räumlichkeiten im Rathaus melden. Grundsätzlich unterstützt die Stadt die Bemühungen des Vereins. In Frage kommen insbesondere ehemalige Geschäfts- bzw. Wirtschaftsräume.

Von den 96 Mitgliedern waren nur noch rund 20 aktiv. Trotzdem schafften sie es, im Mai '79 mit den 1. Alzenauer Filmtagen zum Thema Faschismus „ganz groß rauszukommen". Damals war gerade „Holocaust" im Fernsehen gelaufen und überall Diskussionen im Gange: „Wir wollten versuchen zu erklären, was am Faschismus so faszinierend war, daß er Millionen von Menschen in eine Art Taumel versetzen konnte. Das ist nicht unwichtig, wenn man weiß, daß heute wieder Jugendliche begeistert an den Aufmärschen und Sonnwendfeiern neonazistischer Organisationen teilnehmen." (Matz, damals 19, Schüler)
Die Arbeitsgruppe Filmtage umfaßte damals 17 Mitglieder, und was sie auf die Beine stellte, war beachtlich.

Bürgermeister Ritter ließ es sich nicht nehmen, die 1. Alzenauer Filmtage persönlich zu eröffnen und zu loben: „Das Thema ist gut gewählt. Ich begrüße es besonders, daß sich eine Gruppe junger Menschen dieses Problemkreises annimmt." (Main-Echo, Mai '79)
Im darauffolgenden Jahr, nach den 2. Alzenauer Filmtagen zum Thema „Jugend", sind die JIAler schon nicht mehr gar so beliebt bei den Stadträten. (Zur Erinnerung: einen eigenen Raum hatte die Jugendinitiative immer noch nicht, trotz vielfacher Versprechungen durch den Stadtrat). Kein Wunder, denn diesmal hatte sich die Gruppe ein Thema ausgesucht, bei dem sie auch ihr eigenes Anliegen einbringen konnte. Und dabei kam die Stadt natürlich nicht so gut weg. Main-Echo vom 19. 6. 80:
„Der letzte Beitrag zu den Filmtagen ist für die JIA selbst der wichtigste: ‚Wir machen weiter' von Hans Peter Meier wurde 1978 in Zusammenarbeit mit einer Jugendinitiative gemacht und schildert die Probleme, die sich ergeben, wenn konkrete und aktive Jugendarbeit gegenüber Erwachseneninteressen durchgesetzt werden soll. Eine Gruppe von Jugendlichen kämpft um leerstehende Baracken, in denen sie ein selbstverwaltetes Jugendzentrum einrichten wollen, doch sie werden

P R O G R A M M

FREITAG, 4.5.79

Dietrich-Bonhoeffer-Haus

19.00 Uhr: Eröffnung der 1. Alzenauer Filmtage
anschließend:
"Der gewöhnliche Faschismus" von Michail Romm

Danach kann man sich noch zusammensetzen und über den Film reden. Getränke und Wurstbrötchen gibt's auch.

SAMSTAG, 5.5.79

Dietrich-Bonhoeffer-Haus

14.00 Uhr: "Deutschland, erwache" von Erwin Leiser
- Pause -
18.30 Uhr: "Mein Kampf" von Erwin Leiser
- Pause -
22.00 Uhr: "Der große Diktator" von Charles Chaplin

Zwischen und nach den Filmen Gespräche, Essen und Trinken wie am Freitag.

SONNTAG, 6.5.79

Saalbau ~~im "...chen Hof"~~ D.-Bonhoeffer-Haus

10.30 Uhr: Bürgerfrühschoppen
"Kritik, Anregungen und Meinungen zu den Filmtagen"
- Mittagspause -
15.00 Uhr: " Aus einem deutschen Leben" von Theodor Kotulla
- Pause -
19.00 Uhr: Abschließende Podiumsdiskussion
Die endgültige Besetzung wird rechtzeitig durch die Tagespresse bekanntgegeben.

von der Kommune immer wieder vertröstet – die Parallelen zu Alzenau sind also nicht zu übersehen."
Und auch das hörten die Stadtväter nicht so gerne:
„Doch auch in anderer Hinsicht zeigte sich wieder einmal, daß die Alzenauer Stadtverwaltung die JIA offensichtlich nicht gerade als Partner in Sachen Jugendarbeit anerkennt.

Am Freitagabend, als die Zuschauer noch engagiert über den vorangegangenen englischen Film ‚Familienleben' von Kenneth Loach diskutierten, wurde beispielsweise die Prischoßhalle, in der die Filmtage stattfanden, trotz wiederholter Bitten der Veranstalter rigoros um 23 Uhr geschlossen, so daß interessante Gespräche einfach abgebrochen werden mußten." (Main-Echo vom 28. 6. 80)

Auf der anderen Seite wäre es gelogen, wenn man behaupten würde, daß die JIAler ein besonderes Talent hätten, sich bei der Stadt einzuschmusen. Zum Beispiel haben sie in ihrer Zeitung „Borschräuwwer" (was so viel heißt wie „Burgräuber") für den Besuch des Landrats, der das „unmittelbare Gespräch mit der Jugend" suchte, nur Ironisches übrig:
„Wer sich hier den Landrat anhörte und nicht wußte, welcher Partei er angehörte – immer noch der CSU – könnte meinen, er sei ein rechter Grüner. So wußte er doch mit gutem Gewissen zu sagen, daß er sich für Umweltschutz und allgemeine Verbesserungen im Landkreis einsetzt, während er für wirklich nötige Maßnahmen (z. B. SO2 Filter für Kohlekraftwerke, billige und öffentliche Verkehrsmittel) keine Finanzierungsmittel in Aussicht sah. ‚Wir haben ja so wenig Geld; die paar Milliarden brauchen wir doch für andere Sachen.'
Ob wohl viele Tausend Kilogramm Atomsprengstoff oder ähnlicher Kram sinnvoll sind?"
Und kaum haben sie ihre Teestube ...

Wir schreiben inzwischen das Jahr 1981, als die Stadt der Jugendinitiative Räume in der Hanauerstraße zuweist
... kaum fangen sie also die Renovierungsarbeiten in ihren neuen Räumen an, hängen sie auch schon eine Decke aus dem Fenster:

DIESES HAUS WIRD INSTANDGESETZT

Holger: „Wieso, renovieren heißt doch instandsetzen". Alles kichert.
Das Ganze hat (natürlich) ein Nachspiel beim Bürgermeister: „Wir sind nicht in Berlin. In Kreuzberg könnt ihr so etwas machen" und „Die Schlösser sind ganz schnell ausgewechselt."

Eine warmherzige Freundschaft zwischen dem Bürgermeister und den „jungen Leuten" mag sich nicht mehr so recht einstellen. Verhandeln wird von nun ab etwas zäh: die JIA will grundsätzlich keinen Alkohol in ihrer Teestube ausschenken, allerdings das Recht zur Ausnahme haben – der Stadtrat sagt ‚nein'. Die Stadt will den Jugendlichen die Teestube einrichten – die Jugendlichen sagen ‚nein'.
„Wir wollten alles selbermachen, die Tische und Bänke nicht so Resopalzeugs –, alles in Eigenarbeit. Die Leute sind teilweise von der Arbeit direkt hierhergekommen. Wenn wir die Sachen selbermachen, haben wir doch ein ganz anderes Verhältnis zu den Möbeln. Ich glaub, dann paßt man auch mehr auf auf die Sachen." (Trixi)
DM 2 000,– haben die Materialien nur gekostet, aber als die Jugendlichen um bunte Farbe für die Wände bitten, sagt der Stadtrat wieder ‚nein' – nur weiße Farbe mag er genehmigen. Sie haben's trotzdem gemacht, und die Wände verzieren fantasievolle Malereien, u. a. fliegende Schweine („Darunter saß der Bürgermeister bei der Eröffnungsfeier"), eine Kaffeeküche gibt's mit Kaffee für 40 Pf und Cola für 1 Mark. Bunte Polster auf Holzkisten, niedrige Tische und eingebaute Regale.
Das Main-Echo, ein wohlgesonnener Berichterstatter von Anbeginn, hat's gleich wieder lobend erwähnt und bei der Gelegenheit den künftigen Terminplan des JIA abgedruckt:

> „Jeweils freitags um 20 Uhr trifft sich in Zukunft ein Gesprächskreis im Jugendtreff, der auch Beratung für Kriegsdienstverweigerer anbieten soll."

Schon wieder „neidappt"!

Es meldet sich empört ein Reserveoffizier der Bundeswehr, Dr. med. Rudolf Hans T., der gleich mutmaßt: „Wir dürfen wohl noch manche Überraschungen aus diesem Kuckucksei, das sich die Stadt hier ins eigene Nest gelegt hat, erwarten.“ Als ich bei meinem Besuch in Alzenau eben diesen Dr. T. anrufe, eigentlich nur, um nachzufragen, ob und wie sich seine Meinung über die JIA innerhalb von zwei Jahren verändert hat, droht er mir gleich mit seinem Rechtsanwalt: „Ich habe hier in Alzenau einen Namen und will mit diesen grünen Jüngelchen nichts zu tun haben.“

Ich weiß nicht, was an diesen Jugendlichen, in deren Mitte ich heute abend sitze, so bedrohlich sein soll, daß man sich gleich mit seinem Anwalt bewaffnen muß. Dr. T. ist kein Einzelfall. „Die Leute reden hinter unserem Rücken, die Nachbarn bespitzeln uns, um sich bei jeder Gelegenheit gleich beim Bürgermeister zu beschweren.“ (Alice)

Einerseits:

Sie machen sich sicher keine Freunde bei den Stadträten, wenn bei der Einweihung der Teestube das Lied „Jetzt oder nie die Anarchie“ aufgelegt wird.

Andererseits:

Wieviel Angst muß in einem Ort wie Alzenau vor Andersdenkenden herrschen,

daß die Teestuben-Leute pauschal als Drogenabhängige und Kommunisten bezeichnet werden (wie geschehen),

daß Jugendlichen z. B. von ihrem Lehrherren verboten wird, dort zu verkehren (wie geschehen)?

„Wir versuchen hier einfach, das Leben in der Provinz halbwegs erträglich zu machen, ohne sich anpassen zu müssen“ (Rainer). Nach den ersten Renommierveranstaltungen (Filmwochen, Friedenstage, Ausstellungen usw.) läuft's im Moment eher schlecht mit den Aktivitäten. Kein rechter Bock bei niemandem.

Aber alle zieht's immer wieder in die Teestube. Warum?

– „Es sind die Leute hier, und weil ich nichts besseres zu tun habe.“

- „Ich hab keinen Bock drauf, nur in die Kneipe zu gehen.“
- „Ich komme nur aus Langeweile her, weil ich zu Hause überhaupt nichts zu tun habe; ob ich hier die Zeit abhäng’ oder zu Hause, das kommt aufs selbe raus.“
- „Vielleicht sind wir trotz aller Schwierigkeiten nicht so fertig, daß wir uns nicht doch zutrauen, irgendetwas machen zu können, daß wir noch einen Funken Fantasie haben.“
- „Wenn wir hier gemeinsam etwas auf die Beine stellen, hab ich das Gefühl, daß wir noch etwas taugen.“
- „Ich komm hierher, weil der Kaffee nur 40 Pf kostet.“
- „Weil mich manchmal das Gefühl überkommt, irgendetwas machen zu müssen, mal wieder aus der ganzen Alltagsscheiße auszubrechen.“

Als ich am nächsten Morgen Bürgermeister Friedel Ritter gegenübersitze, wird mir einiges klar an den Schwierigkeiten zwischen ihm und den Jugendlichen. Ich werde unversehens zur 17jährigen und bekomme erst mal Belehrungen in Staatsbürgerkunde und darin, wie man mit Jugendlichen umzugehen hat:
„Jeder, der in der Gesellschaft lebt, soll versuchen, auch **in** der Gesellschaft zu leben.“
„Wir haben als Erwachsene unseren Kindern gegenüber die Verpflichtung, sie zu brauchbaren Menschen zu machen.“
„Kinder können nicht ohne Zügel zurechtkommen.“
Ich möchte gerne zum Thema kommen, möchte ihn nach seinem Verhältnis zur JIA fragen, erfahre nun, daß er „sehr viel von Jugendarbeit im generellen Sinne halte“, aber es gäbe leider „junge Leute, die sich nicht einordnen wollen, sie nennen es frei und unabhängig, man kann’s auch andersherum sagen: sie wollen halt tun und lassen, was sie wollen.“ Ob er die Teestuben-Leute damit meine? Sein Gesicht wird jetzt ernst, von der Sorge ist nun die Rede, ob das denn gutgehe mit der Teestube, zu schnell wären Hasch und Alkohol im Spiel. Gegen den Willen der Bevölkerung und des Stadtrats hätte er sich für diese jungen Menschen eingesetzt, „die Schwierigkei-

ten mit sich und ihrer Umgebung haben. Aber man hat halt immer die Hoffnung, daß sie irgendwann den Anschluß an die Gemeinschaft finden."

Bei abgeschaltetem Tonband verliert Bürgermeister Ritter etwas seinen Sonntagsreden-Ton. Er klingt auch nicht mehr so väterlich. Von „herausgeschmissenem Geld" für die Teestube (etwa DM 8 000,– im Jahr) ist nun die Rede, von denen mit den langen Haaren („wenigstens gepflegt sollten sie sein") und von „Dummheit, Arroganz und Ungebildetheit". In einem Atemzug fallen nebenher Anekdoten von arbeitsscheuen Jugendlichen („Meinen Sie die JIAler?" „Nein, natürlich nicht") und gewalttätigen Demonstranten („Meinen Sie die JIAler?" „Nein, natürlich nicht". Aber ich hatte ihn doch nach den Teestuben-Leuten gefragt).
Als ich nach dem Gespräch das Rathaus verlasse, bin ich ziemlich k.o. Und auch bedrückt.
Was hatte Alice gestern abend gesagt? „Die Leute hier sagen dir nicht offen, daß sie gegen dich sind. Aber sie lassen es dich spüren."
Aber grad eben hat doch der Bürgermeister gesagt, daß er sich als „Schutzpatron" für seine „Sorgenkinder" fühlt.
Weil er doch auch Viere zu Hause hat.
Irgend etwas stimmt da nicht.

„Dann lieber autonom bleiben"

Jugendinitiativen und Kommunalpolitik II: Jugendladen Augsburg

„Lohnt" sich eine Teestube, die nur etwa 10 Leute besuchen? Muß man eigentlich immer den Besuchern ein Programm anbieten, oder reicht es, wenn die Leute beieinandersitzen, Tee trinken, miteinander quatschen und sich wohl fühlen? Die Augsburger Jugendladen-Leute (Jugendladen in Anlehnung an die Kinderläden der 68er Jahre, nicht weil's dort etwas zu kaufen gibt) drücken mir erst mal ihr Programm in die Hand.

Allerdings – zum Filmabend (gezeigt wird „Die unwürdige Greisin") in den gemütlichen Raum in Augsburgs Altstadt sind nur Robert (18, Schüler), Rainer (18, Schüler), Christine (21, Lehrling), Andi (23, Keramiker), Thomas (20, Schüler) und Rittmer (21, arbeitslos) gekommen – und die sind sonst eigentlich auch immer da. Sie kennen sich alle gut und gehören sozusagen zur ersten Generation des Jugendladens. „Jetzt sind wir ein bißchen rausgewachsen und warten eigentlich auf die neuen Leute". Warum die nicht kommen, ist ihnen auch nicht ganz klar. „Ich hab schon alles mögliche versucht. Leute anquatschen, Handzettel verteilen – die kommen einfach nicht." (Rittmer)
Ist Augsburg ausreichend versorgt mit Jugendzentren? Immerhin gibt es 5 solcher Einrichtungen, die zum Stadtjugendring gehören und zusätzlich diese Teestube, die dem

Thing
JUGENDLADEN

Programm

Oktober

Programmheft des Jugendzentrums "Jugendladen"
Hinterer Lech 42 Augsburg für Oktober 1983

TEE-STUBE

NULL BOCK ZU NIX ???

Wer keine Lust hat irgendwas mitzumachen oder sich das Ganze einfach mal anschauen will, der kann während unserer Teestubenöffnungszeit einfach mal kommen. Bei uns gibts Tee, Kaffee und Säfte zu den absolut billigen

<u>SUPERGÜNSTIGSELBSTKOSTENPREISEN !!!</u>

Wir haben unsere Teestube offen: (je 16-22.ooh)

Do 6.10. Do 13.10. Do 20.10. Do 27.10.
Fr 7.10. Fr 14.10. Fr 21.10. Fr 28.10.

außerdem jeden Montag von 8.3oh an

...und so findet ihr uns:

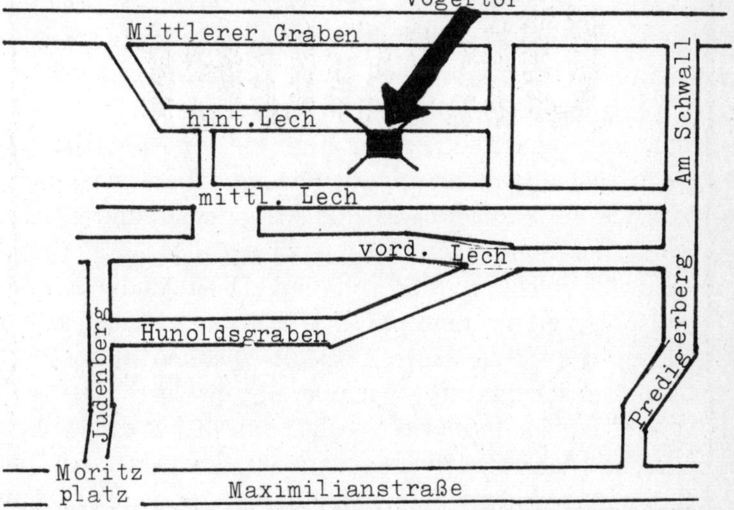

Thing-Verein angegliedert ist (genauer Titel: Thing Jugend- und Studentenzentrum Augsburg e. V.), ein Verein, der seit 1974 eine Reihe von Initiativen auf die Beine gestellt hat: 2 heilpädagogische Wohngemeinschaften, eine Kindergruppe für ausländische Kinder, das „Thingsbums-Movie" sowie Mitwirkung beim Stadtkino, eine Musikwerkstatt, eine Kneipe und eben den Jugendladen. Fast Ausmaße eines Großkonzerns, bei näherem Hinsehen stellt sich jedoch heraus, daß das was Geld bringt, nämlich die Kneipe, eine eher wakkelige Sache ist. Und ausgerechnet von ihrem Profit hängt der Jugendladen ab, den der Vorstand des Vereins sich wohl eher „aus Prestigegründen" hält (so sagen's die Jugendlichen). Geht's der Kneipe schlecht, geht's dem Jugendladen schlecht. Dabei sind die Kosten, die monatlich anfallen, minimal: DM 700,– kostet die Miete, DM 200,– stehen zur freien Verfügung. Dafür werden dann mal neue Boxen oder ein Ventilator angeschafft. „Bisher sind wir immer über die Runden gekommen" meint Rittmer nicht ohne Stolz. Aber selbst wenn der Träger den Laden nicht mehr erhalten kann, wollen sie weitermachen und den Laden selber tragen: „Einige Leute arbeiten und würden schon monatlich einen Fuffziger springen lassen". Auf jeden Fall ist ihnen ihre Autonomie wichtig. Zwar arbeitet seit einiger Zeit Kristina aufgrund von ABM (Arbeitsbeschaffungsmaßnahme) im Jugendladen, „aber sie hat mehr begleitende Funktion, so wie eine Art guter Freundin." Der Horror ist bei allen ein Mitarbeiterstab, der alles durchorganisiert und alle vollstopft mit Angeboten. „Die Jugendlichen sollen rauskommen aus dem passiven Konsum und sich selber überlegen, wie sie die Freizeit gestalten wollen" (Robert).
Das Problem scheint nur – wie überall sonst auch – zu sein, daß einige wenige immer die Aufgabe des Überlegens übernehmen und dann bald die Lust daran verlieren. Daran ist die Arbeit im Jugendladen im letzten Jahr fast gescheitert. „Wenn nicht der Mosl und ich wieder das Ganze angekurbelt hätten, wäre gar nichts mehr passiert" (Rittmer). Beide fühlen sich eigentlich schon zu alt für die Arbeit im Jugendladen, „aber

ich möcht mal 15jährige sehen, die hier den Laden schmeißen". Ganz frei von Leistungs- und Vorweisedruck ist allerdings keiner. Ein Filmabend mit nur 6 Leuten verursacht ihnen ein schlechtes Gewissen. Ob sie denn nicht zufrieden sein könnten, wenn 6 – 10 Leute fast so etwas wie ein zweites Zuhause im Jugendladen gefunden haben, wenn sie sich dort wohl fühlen? Das schon, denn „der Jugendladen ist die einzige Möglichkeit, wo sich der Jugendliche in seinem Reden und Handeln frei fühlt", aber solchen Sätzen folgt meist ein etwas gehässiger Seitenhieb auf die vom Stadtjugendring getragenen Jugendzentren: „Ihr habt tolle Räumlichkeiten, kriegt von der Stadt Geld, und wir kriegen überhaupt nichts". Adi, Vertreter vom Stadtjugendring und für die 5 Jugendzentren verantwortlich, kontert: „Ihr braucht ja bloß Mitglied beim Jugendring zu werden. Wenn man sich zusammentut und Dampf dahinter macht, kriegt man auch mehr."
Aber sich einer Organisation wie dem Stadtjugendring anzuschließen käme den Jugendladen-Leuten einer Aufgabe ihrer Autonomie gleich. Die Scheu bzw. das Mißtrauen gegenüber Institutionen hat bei diesen Jugendlichen schon fast etwas Selbstverständliches. Jeder Kontakt mit Politikern hat für sie einen negativen Beigeschmack, sei der noch so gut gemeint. Dem Oberbürgermeister Breuer (SPD), der ohne Vorbehalte hinter den Jugendladen steht („Beschwerden? Ach, das muß man nicht so ernst nehmen. Ich nehme Unmutsäußerungen von Nachbarn über Ruhestörung zur Kenntnis, aber das kenne ich schon zur Genüge. Das ist für mich noch kein Grund zum Eingreifen."), mögen sie sein Wohlwollen nicht so ganz abnehmen: „Der ist doch nur imagegeil, weil Augsburg jetzt die 2000-Jahr-Feier hat". Anmerkungen des Jugendberaters der Stadt, Fritz Schwarzbäcker, die Jugendlichen seien in ihrem politischen Engagement „zu lasch", finden sie unverständlich. Zu sehr fühlen sie sich der Willkür der Stadt ausgesetzt, die zwar auf Protest aller Jugendgruppen vor zwei Jahren die 20 %igen Kürzungen in allen Bereichen der Jugendarbeit zurückgenommen hat. „Aber dafür haben sie in

diesem Jahr den Etat auf Eis gelegt. Das kommt doch einer Kürzung gleich“ (Thomas). Warum sollen sie sich dann dem Stadtjugendring anschließen, wenn auch dort die Gelder wackelig sind ...

„Dann lieber autonom bleiben, auch wenn wir nur wenig Geld zur Verfügung haben. Aber wir schaffen das schon.“

Eine erhellende Veranstaltung

Zwei Wochen später bin ich zu einer Veranstaltung eingeladen, deren Thema ich natürlich sehr reizvoll finde: „Jugend in den Gemeinden“; den Zeitpunkt – Samstag, 10 Uhr vormittag – schlucke ich, denn angekündigt sind als Teilnehmer: Jugendliche, Robert Sauter vom Bayerischen Jugendring, Augsburgs Oberbürgermeister Hans Breuer, „weitere Jugendvertreter und Kommunalpolitiker sowie Funk und Fernsehen“.

Als ich in den riesigen Saal der Wirtschaftsschule am Alten Postweg komme, sehe ich sechs Reihen blau, grau, schwarz

EINLADUNG

SAMSTAG
15. OKTOBER 83
10 UHR
AUGSBURG
AULA DER
REISCHLE'SCHEN
WIRTSCHAFTSSCHULE
ALTER POSTWEG 86A

DISKUSSION ZUM THEMA: JUGEND IN DEN GEMEINDEN

TEILNEHMER: JUGENDLICHE IM SAAL, CHRISTOPH LINDENMAYER (JUGENDFUNK IM BAYERISCHEN RUNDFUNK), ROBERT SAUTER (BAYERISCHER JUGENDRING), HANS BREUER (OBERBÜRGERMEISTER VON AUGSBURG), WEITERE JUGENDVERTRETER UND KOMMUNALPOLITIKER SOWIE FUNK UND FERNSEHEN.

Veranstalter: SGK Sozialdemokratische Gemeinschaft für Kommunalpolitik in Bayern e.V.
Verantwortlich: Willi Reinsch, Oberanger 38/II, 8000 München 2
Zeichnung aus »Irrwitz-Comics«, Weismann-Verlag, München

und braun. Anzüge nämlich der festlich gekleideten Politiker, Bürgermeister, Stadträte, – die salopper gekleideten Herren stellen sich als Diplompädagogen oder Betreuer von Jugendzentren heraus. Drei Jugendliche, ich traue meinen Augen kaum. Man ist hier unter sich, das Problem „Jugend" kann zügig angegangen werden. Gerade wird die Frage erörtert: Woher kommt die Verweigerung der Jugendlichen, wenn Politiker den „berühmten Dialog mit der Jugend" versuchen (niemand stellt die Frage: wo sind die Jugendlichen hier im Saal?). Ein Beispiel wird genannt: Ein Politiker besucht eine Cafeteria, die vorwiegend von Jugendlichen besucht wird; bei seinem Erscheinen wird die Musik auf volle Lautstärke gedreht, niemand nimmt Notiz von ihm – er geht (verstimmt). Verständnisvolles Nicken bei den Bürgermeistern ringsum. Ja, so etwas kennen sie alle.

Ich stelle mir vor, was die Alzenauer Jugendlichen, wären sie anwesend, wohl eingeworfen hätten: solange Auftritte von Kommunalpolitikern zur Selbstbeweihräucherung oder dem Wahlergebnis dienlich sind, solange die Kommunikation zu den Jugendzentren ansonsten per Anordnung und Auflage erfolgt, „läuft da nix". Einer im Saal formuliert es schließlich ähnlich (Diplompädagoge im Jugendzentrum Weiden): „Die Toleranz der Politiker gegenüber den Jugendlichen ist schnell erreicht, wenn ihr eigenes Selbstverständnis in Frage steht, wenn sie plötzlich Angst bekommen, weil sie nicht mehr wissen, wie sie mit den Leuten umgehen sollen". In Weiden gab's erst vor kurzem dafür ein gutes Beispiel: ein Punker-Treff vor der Stadtmauer hatte eine Flut von Beschwerden der Anwohner hervorgerufen, hier aber war kein Politiker zum „Dialog" zur Stelle, der Jugendpfleger (schließlich ist er Spezialist) wurde auf die „Problemgruppe" angesetzt.

Von „Spielregeln", die eingehalten werden müßten, auch von den Jugendlichen, wobei es sich bei genauerem Zuhören um Spielregeln zwischen politischen Parteien handelt, ist an diesem Morgen noch häufig die Rede. Sagt die Partei A zum Bürgermeister, der Partei B zugehört: im Jugendtreff herrschen

unhaltbare Zustände, Du, Bürgermeister bist unfähig, das Ganze im Griff zu haben. Ja, „da muß man doch schließlich durchgreifen“, denn niemand will sich vom politischen Gegner Unfähigkeit vorwerfen lassen. So sieht's auch der Vertreter vom Bayerischen Jugendring: „Politiker wollen wieder gewählt werden, aber was interessiert das eigentlich die Jugendlichen?“ Der Moderator – Leiter des Jugendfunks – müht sich redlich, durch provokante Fragen ein wenig Schwung in die Politikerrunde zu bringen: „Ist es nicht so, daß Politiker im Kontakt mit den Jugendlichen immer auf nachweisbaren Erfolg gehen, was sie dann auch dem Stadtrat vorlegen können? Wo stellt ein Politiker öffentlich eine *alternative* Jugendgruppe positiv heraus?“ Langes Schweigen, dann kommt ein Beispiel guten Wollens: bei einem Sportfest hätten in X der Stadtrat dem Jugendzentrum sogar Pokale gestiftet (Anm.: vielleicht war es ein alternatives Sportfest?).
Nach zwei Stunden Dialog untereinander, mit viel Selbstdarstellung und wenig Selbstkritik, gehe ich. Auf dem Flur treffe ich Thomas aus dem Jugendladen: „Eine absolut lächerliche Veranstaltung“. Auf dem Heimweg schaue ich mir noch einmal die Einladung an: Aus dem Buch „Irrwitzcomics“ (Weismann-Verlag) sind einige Sprechblasen von Jugendlichen zur Kommunalpolitik abgedruckt:

Alles Zwieback...
Weiß gar nicht, was es da zu labern gibt...

„Und plötzlich bist du riesengroß“

2 Münchner Filmgruppen

Film, das ist Kino oder Glotze. Film, das heißt: „gut Licht, gut Ton und volle Kassen“. Film, das ist eine große Geschichte, eine große Technik, große Stars. Film, das ist, wenn alles geht, der Teufel erscheint oder Darth Vader oder Bo Derek im nassen Hemd. Film, das ist das, was man in Hollywood macht oder in Cinecittá oder allenfalls bei der Bavaria. Beim Film gibt's die, die's machen und die, die's anschauen und bezahlen.

Film, das ist aber auch ein unscharfer, hüpfender Bildsalat auf der heimischen Rauhfasertapete. Film, das ist Papa auf Mallorca und Mama mit dem neuen Hut. Film, das ist, wenn ein Haufen Leute mit angeschnittenen Köpfen um einen Geburtstagskuchen sitzen und die Zuschauer auf dem Sofa entzückt rufen: Ui, schau mal, das sind wir beim Geburtstagskuchen! Film ist, wenn sich Leute ein Spielzeug kaufen, das sie nicht beherrschen und damit andere Leute langweilen.

Film kann aber natürlich auch ganz was anderes sein, nämlich die Möglichkeit, die kleinen Köpfe von kleinen Jungs und Mädchen zwei Meter groß zu machen und damit ihren Worten und Gedanken Gehör zu verschaffen bei Leuten, die sonst nicht gewohnt sind, auf kleine Jungs und kleine Mädchen zu hören.

2 Beispiele:

Es is' ihr doch nix passiert, oder?

von der Filmgruppe des Internationalen Jugendzentrums Haidhausen

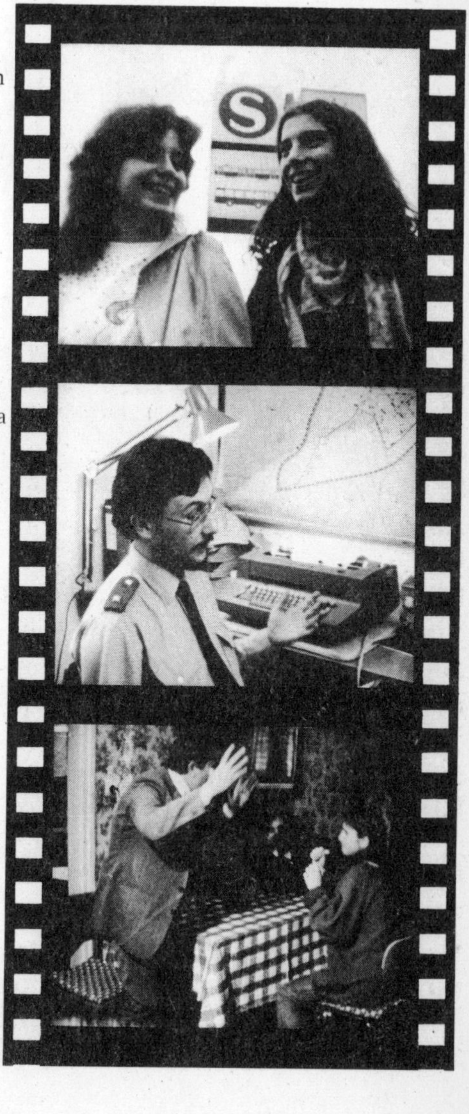

Irini ist Griechin. Sie geht mit ihrer Freundin Tessa zum Tanzen. Irini läßt sich von einem „Kavalier" nach Hause fahren. Aber der wird plötzlich zudringlich und vergewaltigt sie.

Der Film zeigt vor allem das Danach. Bestärkt durch Tessa erstattet Irini Anzeige. Doch der Polizist ist mißtrauisch, unterstellt, daß sie ja wohl nicht ganz unschuldig sei und meint, daß sie mit ihrer Aussage vor Gericht nicht durchkommen werde.

Auch der Vater schiebt ihr die Schuld zu. Er ist aufgebracht vor allem, weil sie jetzt keinen Mann mehr bekommt. Und was sagen die Nachbarn?! Als Irini sich rechtfertigen will, schlägt sie der Vater.
Es folgen die bohrenden Fragen der Psychologin. Und je mehr das Mädchen sein Recht sucht, desto mehr wird sie ins Unrecht gesetzt.

Schließlich die Horrorvision von der Gerichtsverhandlung: Der Angeklagte redet sich raus und jammert, daß man ihm die ganze Zukunft zerstöre. Dabei könne das ganze doch so schlimm nicht gewesen sein: „Es is' ihr doch nix passiert, oder?"

Das alte Gewehr

Auer Bilderbogen – Jugendliche erforschen die Geschichte ihres Stadtviertels

Drei Freunde schlendern durch ihr Stadtviertel. Ein verfallenes Haus erregt ihr Interesse. Sie steigen ein. Als einer durch den morschen Boden bricht, finden sie ein altes Gewehr. Woher mag das kommen?

Rückblende: 1909.
Eine Arbeiterfamilie sitzt beim Essen. Geschrei auf der Straße: eine Razzia. Wer Waffen versteckt, so steht es auf Flugblättern, wird von den Soldaten mitgenommen und standrechtlich erschossen. Dem Sohn der Familie fällt siedendheiß ein, daß er gestern seine Freundin besucht hat:

Sie hat ein altes Gewehr von ihrem verstorbenen Vater im Kasten. Jetzt ist sie in Lebensgefahr. Er rennt zu ihr und holt das Gewehr, zieht aber nun seinerseits die Aufmerksamkeit der Soldaten auf sich. Im letzten Augenblick kann er sich durch einen Sprung in den Stadtbach vor seinen Verfolgern retten.

Wütend sehen ihm die Soldaten nach. „Der ersäuft sowieso", sagt einer. Dann wird die Razzia fortgesetzt.

Wie macht man das?

Da wir festgestellt haben, daß das Filmemachen das eine ist und das Reden über's Filmemachen ein anderes, will sagen, daß Leute, die eindrucksvolle Filme zustande bringen, nicht unbedingt große Redner sein müssen, wir hier aber in einem Buch fast nur über die Sprache was vermitteln können, haben wir uns mit einem Mann unterhalten, der diese beiden Filmgruppen organisiert hat.

Er heißt Robert, ist inzwischen 33 Jahre alt, ausgebildeter Medienpädagoge und Absolvent der Münchner Hochschule für Fernsehen und Film. Und er wird, wenn dieses Buch erscheint, gerade ein Kino aufgemacht haben in einer kleinen

Stadt, in der seit Jahren Supermärkte in den alten Kinos lagern.
Robert bestätigt das mit dem schwierigen Reden über Film. Er sagt aber auch gleich, daß genau darin die Chance und auch die politische Dimension seiner Filmarbeit liege, daß nämlich Leute kreativ werden könnten, die nicht über die sprachlichen Ausdrucksmöglichkeiten privilegierter Schichten verfügten.
„Man kann sich auch unheimlich gut einbringen beim Filmemachen, indem man spielt, körperliche und mimische Qualitäten, auch Beobachtungsgabe einsetzt." In gewisser Weise, bestätigt Robert, sei der Film für ihn wirklich die „proletarische Kunstform", als die man ihn zu Beginn der Filmgeschichte anfangs des Jahrhunderts pries.
Robert jedenfalls arbeitet nicht mit Schülern, die sind sowieso gut versorgt. Lehrlinge aber werden da leicht links liegen gelassen, obwohl gerade sie, sagt Robert, einen besonders guten Zugang zum körperlich-technischen Medium Film hätten. Ihnen will er einen „Spielraum" zur Verfügung stellen, wo ihre Kreativität Platz hat: „ein Freizeitheim z. B. oder die Volkshochschule (da kommt ein Teil des Geldes her) und Leute, die sagen, daß das, was Jugendliche in ihrer Freizeit machen und was nicht unbedingt effizient ist in einem volkswirtschaftlichen Sinn, daß das auch wichtig ist." Er hilft ihnen, Träume anzupacken.
Zuerst allerdings müssen Träume zerstört werden.
Die Kinomuster in den Köpfen (siehe oben) müssen raus, auch wenn Robert Verständnis dafür hat, daß Leute, die überall schwach gehalten werden, im Kino gern starke Männer sehen.
Aber die Direktton-Super-8-Kamera ist kein Gerät für Helden. Also keine Hollywood-Themen, sondern die eigene Umgebung. Diese Bescheidung und die Überwindung des Minderwertigkeitsgefühls („Kino, das können wir nicht!") gehören zu den wichtigen Vorarbeiten, die ohne einen Betreuer wie Robert sicher schwer zu leisten sind.

Aber wenn die Jugendlichen erst einmal gemerkt haben, daß ihr eigenes Leben nicht unwichtig ist und daß sie sehr wohl was machen können, „obwohl sie vom 6. Lebensjahr an unaktiv gehalten werden", dann kann der Animator zurücktreten. Dann kann die konkrete Filmarbeit beginnen:

1. Ideenfindung
2. eine Geschichte entsteht
3. die Geschichte wird in Spielform aufgelöst
4. ein Drehplan wird erstellt
5. Drehen
6. Schnitt
7. Musik
8. Premiere

Und diese Premiere ist Robert wichtig. Da gibt's ein Fest, und alle Freunde, Angehörigen und Bekannten werden eingeladen.

„Wenn ich mit Leuten arbeite, dann soll für die erfahrbar werden, daß Film ein Medium ist, d. h. also etwas womit man sich veräußert, womit man sich selber darstellt. Es gibt Kollegen, die machen z. B. mit Video Filme für's Archiv. Wichtig ist ihnen die Gruppenarbeit. Anschauen will das keiner und soll es auch nicht. Ich möchte, daß die Leute Erfahrungen mit dem sich selbst Veräußern machen, d. h. daß Aufführungen organisiert werden, daß man also eine Reaktion zu spüren kriegt. Das ist auch eine politische Kategorie, daß Leute, die sonst nie gefragt werden, denen nie ermöglicht wird sich zu artikulieren, daß die erfahren, daß man ein Medium benutzen kann, um sich Gehör zu verschaffen."

<u>Man stelle sich vor:</u>

Eine Handvoll Jugendlicher, die ein Freizeitheim wollen. Sie kriechen zum Bürgermeister, fühlen sich ganz mickrig: Bittsteller ohne Macht und Aussichten.

<u>Aber:</u>

Die gleiche Gruppe dreht einen Film, interviewt wichtige Leute, stellt ihr Problem bildlich dar. Und dann läuft der Film im Gemeindezentrum vor 200/300 Zuschauern und die

Köpfe der kleinen Bittsteller sind plötzlich zwei Meter groß, dann ist das eine Erfahrung von sich selbst, die nicht nur dem eigenen Selbstvertrauen hilft, sondern auch Wirkung in die Öffentlichkeit hinein hat.
Filmemachen, ein Spaß mit Sinn. Und wenn alle zusammenlegen, auch durchaus erschwinglich.
Bevor ihr Euch allerdings in Unkosten stürzt, fragt mal ein bißchen rum, wer eine Filmausrüstung hat. Und merke: es gibt mehr aktive Gruppen (auch Filmgruppen) als Du denkst.

„Da ist jemand, an den wir uns wenden können“

Tutoren in Regensburg

Alice (16), 9. Klasse
„Ich muß eigentlich dauernd zurückdenken, wie's mir ergangen ist, als ich neu ins Gymnasium kam. Ich war total verloren, und es hätte mir sehr geholfen, wenn da jemand gewesen wäre, an den ich mich hätte wenden können.“

Raffael (11), 6. Klasse
„Der Holger, der hilft uns, wenn die Großen uns in der Pause am Kiosk immer wegschubsen.“

Regensburger Stadt-Umschau

Großer Freund“ für Unterstufen-Schüler

utoren am Siemens-Gymnasium möchten bei Orientierungsproblemen helfen

mbw. Die Anregung kam vom Kultusminister, Andrea Wagenknecht griff die Idee auf, drei weitere Schüler setzten sie in die Tat um: das Tutoren-System wurde am Werner-von-Siemens-Gymnasium in Regensburg eingeführt. Bilanz nach anderthalb Jahren: man ist zufrieden, das Angebot wird angenommen, das Direktorat „wirft keine Knüppel zwischen die Beine“.

„Also, ich sag's euch gleich: wenn das Tutorensystem dies Jahr in den Arsch geht, dann liegt das daran, daß viele, die hier sind, keine Ahnung haben, was eigentlich ihre Aufgabe als Tutor ist."
Anfangsbesprechung für die Tutoren des kommenden Schuljahres, Raum 163 im Werner-von-Siemens-Gymnasium in Regensburg. Jens (18, 11. Klasse) ist sauer: nach drei Jahren Tutorenarbeit sieht's für dieses Jahr ziemlich flau aus. Nicht einmal jede der 12 Unterklassen wird wie geplant 3 Betreuer bekommen, bestenfalls 2, und für die 7 b gibt's wohl gar keinen Tutor. Ganz schön rüder Ton, denke ich. Dabei hatte ich eine halbe Stunde vorher noch im Gespräch mit Schulleiter Arnold den Eindruck gehabt, bei diesen Oberklässlern müßte es sich um eine ganz neue Gattung Schüler handeln: betreuen seit drei Jahren die 5., 6. und 7. Klassen an ihrer Schule, gehen mit ihnen baden, Eis essen usw. – also, wir hätten damals so etwas nicht gemacht. Natürlich sind alle des Lobes voll: das Kultusministerium, die Regensburger „Stadtumschau", der Schulleiter, sogar das Fernsehen hat darüber berichtet.
„Also, zur nächsten Tutorenversammlung tanzt hier jeder mit einem neuen Tutor an".
Keiner widerspricht? Keiner.
Ab 13 Uhr hat sich hier nach und nach der Raum mit den Tutoren des letzten Jahres gefüllt, drei neue sind dabei, einer ist nur „zum Zuhören" gekommen. Insgesamt 14 Schüler und Schülerinnen der 9. bis 11. Klassen. Die 12. und 13. sind wegen Arbeitsüberlastung kaum vertreten.
Alle hören sich stumm das Donnerwetter von Jens an: Ja, mit der Betreuung der Kleinen hat's im letzten Jahr wohl nicht so recht geklappt: ein Klassennachmittag zum Kennenlernen, zweimal Badengehen, das war's dann wohl bei den meisten.
Ich schiele auf den Info-Zettel, den mir Thomas von der SMV vorhin in die Hand gedrückt hat. Dort steht, was sich die Schüler der Mittel- und Oberstufe zum Ziel gesetzt haben:

- die Anonymität der Lernfabrik "Schule", die oft bis in den Klassenverband reicht, zu durchbrechen (ständiger Kontakt zur Klasse durch wöchentliches Treffen mit der Klasse (Pause u. ä.) und persönliche Beziehungen zu den jüngeren "Kollegen")
- Möglichkeiten zum Sammeln sozialer Erfahrungen bieten und bei der Bewältigung von Problemen sozialer Art (Außenseiter u. ä.) Hilfestellung leisten. (Nachmittage mit der Klasse - evtl. mit mehreren Klassen - in der Schule verbringen (Spiele, thematische Arbeit, zusammen Essen ...) und auf klasseninterne Probleme näher eingehen)
- zu vermitteln, daß "Schule" Spaß machen kann und mehr ist als eine Beschäftigungstherapie von 8 - 13 Uhr
- den Lehrer-Schüler-Konflikt abzubauen sowie den Pädagogen nicht zum puren "Wissenschaftler" und "Bewerter" abzustempeln
(in Konfliktfällen den Klassensprecher in seiner Vermittlerrolle unterstützen; gemeinsame Unternehmungen mit dem Klaßleiter oder dem Vertrauenslehrer durchführen (Wanderungen, "Unterstufenolympiaden" ...))

Wie können das 15–17jährige leisten, die selber in der „Mühle“ Schule stecken, die möglicherweise selber Konflikte mit genau den Lehrern haben, bei denen sie notfalls vermitteln sollen? Ganz klar: sie „können“ es natürlich nicht einfach, haben es auch sicher nie gelernt. Trotzdem: der Elan, mit dem die Gymnasiasten diese Arbeit angegangen sind, ist beeindruckend. Auch wenn sie im Moment total überfordert sind und sich dies vor allem am Frust aneinander ablesen läßt.

Problem Nr. 1: Zeit

Gedacht ist, daß die „Großen“ möglichst immer verfügbar sind für die Kleinen, auch außerhalb der organisierten Klassennachmittage. Teddy (17, 10. Klasse): „Man müßte viel öfter in die Klassen reingehen und auch in der Pause da sein, daß sie einen ansprechen können, wenn sie Probleme mit den Lehrern haben.“ 20 Minuten Pause braucht aber jeder auch mal für sich, oder? Jens: „Dann muß man sich halt mal verkneifen, seine Zigarette im Kollegstufenzimmer reinzuziehen und auch mal mit den Kleinen in der Pause Fußball spielen.“
Die „Kleinen“: Raffael (11) gibt zu, daß er den Schutz des „großen Bruders“ Holger (17) ganz gut brauchen kann, besonders, wenn er und seine Spezln Fußball spielen wollen und einige Oberstufenschüler sie ständig auf dem Fußballfeld „triezen“.

Problem Nr. 2: Inhalte

Jens: „In den Klassen hat's zeitweise so ausgesehen, daß das Ganze zu reinen Spiel- und Freßnachmittagen ausgeartet ist und daß kein pädagogischer Anspruch mehr dabei war.“
Jens darf beruhigt sein: die „Kleinen“ – so haben sie's mir erzählt – lieben das Spielen und „Fressen“, haben selber eher ein schlechtes Gewissen, wenn von ihnen nicht so viel kommt. Astrid (11): „Oft kommt nur die Hälfte der Klasse zu den Nachmittagen, und die Tutoren machen sich so viel Mühe. Die sind alle wahnsinnig nett. In der alten Schule gab's nie jemanden, der sich um uns gekümmert hat.“
Zwar „haben wir sie im letzten Jahr nicht oft gesehen“ (Sabine, 11), aber „wenn ich mal was nicht verstehe, dann frag ich den Holger, und der erklärt mir dann alles.“ (Hubert, 12)
Die Kleinen wissen sicher nichts von den ausgearbeiteten pädagogischen Zielen ihrer Betreuer, sie sind's zufrieden, wenn sie das Gefühl haben, „da ist jemand, an den wir uns wenden können“, sind entzückt von den unerwarteten Einfällen: „Da hat uns der Jens am Anfang der 5. Klasse durchs Schulhaus geführt, damit wir uns besser auskennen. Das fand

ich ganz toll, weil ich hätte nie alleine wieder in meine Klasse gefunden." (Hubert) (Anm.: das Werner-von-Siemens-Gymnasium hat fast 1400 Schüler, dementsprechend mammuthaft ist das Gebäude an der Brennesstraße.)

Problem Nr. 3: Interne Gruppenprobleme

Eine Kostprobe davon bekomme ich beim Tutorentreffen; derjenige, der was sagen will – und das trifft meist Jens, Sandra und Thomas, die so etwas wie Gruppenleiter sind – muß eigentlich ständig schreien, um sich verständlich zu machen.

Andy: „Hier mußte richtig autoritär werden" – was natürlich alle frustet, weil *das* auch niemand will.

Teddy: „Es ist schon so, daß man wirklich einen braucht, der vorne steht und redet, einer der die Leute wachhält – wenn normale Lautstärke geredet wird, dann sprechen die Leute nicht drauf an, sondern unterhalten sich untereinander." (Mir fällt sofort dazu ein: wie in der Schule.)

Sandra (16) beschwert sich, daß kaum jemand von selber etwas macht: „Wenn ich nicht immer wieder anschiebe, dann passiert überhaupt nichts. Am Schluß hab ich dann selber keine Lust mehr gehabt, und dann hieß es: wieso, du bist doch die Tutorenvertreterin, du mußt das machen, das ist deine Aufgabe."

Aber hier widerspricht Andy (16): „Ich find eigentlich nicht, daß ihr uns immer ankurbeln müßt. Bei mir ist das jedenfalls nicht der Fall. Wir haben ziemlich viel gemacht in der Klasse, ich hab gar nicht so negative Erfahrungen gemacht."

Ich bin inzwischen als Zuhörer so weit, daß ich diesen Schwall von Selbstkritik am liebsten bremsen möchte, sie daran erinnern möchte, daß sie keine ausgebildeten Pädagogen oder Erzieher sind, daß Dinge wie Beständigkeit, Eigenverantwortlichkeit und Disziplin auch *gelernt* werden können – wenn's einem die Schule schon nicht beibringt.

Aber mein „Trost" ist völlig fehl am Platze.

Jens: „Natürlich entwickeln sich die Tutoren erst zu *guten* Tutoren, wenn sie erst mal anfangen. Voraussetzung ist also schon mal die Quantität, also daß möglichst viele mitmachen." Auf den Versammlungen werden dann Probleme ausgetauscht, auf Wochenendseminaren wird gemeinsam gekocht und Spiele werden ausprobiert – jeder kann langsam in seine Aufgabe als Tutor hineinwachsen.
Ich möchte wissen, ob sie nicht eigentlich auch Aufgaben übernehmen, die normalerweise Sache des Klassenlehrers sind (oder waren?), z. B. Außenseiter integrieren, Klassengemeinschaft stärken usw.
Jens: „Bei einem Großteil der Lehrer ist leider nicht die Motivation da, pädagogisch groß zu wirken. Es reduziert sich immer mehr darauf, sich möglichst nicht persönlich zu engagieren, weil dann ja erst der Hauptteil der Arbeit käme. Im Prinzip ist unser Tutorensystem eine Reaktion auf die Situation an unserer Schule."
Harte Worte, die mancher Lehrer wohl nicht gerne hört. Vom Schulleiter erfahre ich später, daß von Seiten des Kollegiums „einige Vorbehalte" geäußert worden wären. „Angst vor politischer Indoktrination" war im Lehrerzimmer zu hören, „die

Schüler könnten auf allerlei dumme Gedanken mit den Großen kommen, z. B. Haschisch rauchen".
Und überhaupt: „Kinder erziehen Kinder" – was soll denn dabei herauskommen?
Die Vorbehalte haben sich bei einigen Lehrern auch nach drei Jahren noch gehalten. Sandra: „Manche reagieren schon aggressiv, wenn man 5 Minuten von ihrer Stunde haben will, um einen Klassennachmittag anzukündigen." Es gibt aber auch Lehrer, die die Tutoren inzwischen sehr schätzen. „Besonders auf Klassenausflügen", grinst Teddy, „wenn wir mitgehen. Das ist dann natürlich nur halbe Arbeit für sie."
Am meisten hat mich allerdings Schulleiter Arnold verblüfft. Ich muß zugeben, ich bin „mit einigen Vorbehalten" ins Direktorat gegangen, wollte den „Pferdefuß" hinter dem Wohlwollen herausfinden.
Keine Chance.
So viel Eigeninitiative und Fantasie hätte er den Schülern gar nicht zugetraut: „Was denen alles an Spielen einfällt, da wäre ich nie drauf gekommen."
Natürlich hat er ein Auge drauf, wer Tutor wird („Muß ich, muß ich"), aber er würde sich hüten, einen Schüler als Tutor abzulehnen. Und wenn einer Schwierigkeiten mit Lehrern hat, als „aufsässig und schwierig" gilt, dann könne er doch trotzdem ein guter Tutor sein.
Oder?
Gerade solche Schüler hätten oft den besten Draht zu den Kleinen.
Nur schade, daß „seine" Tutoren nicht noch mehr mit den Kleinen *außerhalb* der Schule machen könnten: Veranstaltungen innerhalb des Gebäudes wie Klassennachmittage sind von der Versicherung abgedeckt, nicht aber Unternehmungen außerhalb des Schulgeländes.
Schade ist das ganz sicher für Hubert, Raffael, Astrid und Sabine: ihr sehnlichster Wunsch ist es, „einmal mit Holger zu McDonald zu gehen".
Ich hab das dem Holger lieber nicht gesagt.

Die Pädagogische Aktion in München

Wer ist das?

8 – 10 feste und bisweilen über 80 freie Mitarbeiter (Kunststudenten, Lehrer, Sozialpädagogen, Kunsthistoriker), die seit 12 Jahren im Auftrag der Stadt München *„den Kindern wieder das Spielen beibringen wollen"*.

Wie machen die das?

Die Kinder bekommen – z. B. bei der Spielplatzbetreuung im Sommer – den Rahmen zum Spielen: die Kulisse für das Thema, für eine Spielstadt, ein historisches Spektakel, für Kinderzirkus und Jahrmarkt. Materialien, Werkzeug, Fragebögen zur Erforschung eines Stadtteils – alles steht zur Verfügung, lädt zum Mitmachen ein.

Überall tauchen die bunten „Spielbusse" der Päd. Aktion auf (und er spielt eine wichtige Rolle bei der Griechenlandreise der Gruppe „Oktopus"): in Parks, auf den Straßen und Schulhöfen.

Bis zu 90 000 Kinder machen in einem Jahr bei den verschiedenen Aktionen mit.

„Damit man auch sieht, wie es wirklich ist" oder „Was wollten Sie in Deutschland?"

Kindergruppe Octopus

Ein Dia: links ein altes Haus, offensichtlich verlassen, herunterhängende Fensterläden, ringsum umwuchert; rechts so ein Mittelding zwischen Garage ohne Tür, Militärbunker aus Beton, einige Eisenstäbe ragen heraus …
„Was'n das?" fragen die deutschen Kinder „So'n Schrott …"
Die griechischen Kinder wissen sofort die Geschichte dazu: „Links, da hat die Familie ihr Haus verlassen und ist nach Deutschland zum Arbeiten gegangen, rechts haben sie ihr neues Haus angefangen – jedesmal wenn sie im Urlaub wieder daheim sind. Es ist natürlich aus Beton, weil das am billigsten ist, vom 2. Stock sieht man schon die Eisenverstrebungen, aber das wird wohl noch lange dauern, bis das fertig ist. Immer nur im Urlaub 5 Wochen bauen, da kann das 5 – 6 Jahre dauern. Das ist genau wie in meiner Heimat in Griechenland". Das Dia *ist* aus ihrer Heimat. Es hat eine lange Reise hinter sich, bestimmt 1 000 km. Wiltrud, Markus, Kristine, Claudia, Gertrud und Annette haben es vor zwei Jahren von ihrer gemeinsamen Griechenlandreise mitgebracht.
„Mach mit bei der Kindergruppe Octopus" – so hatte es angefangen. Die **Pädagogische Aktion** (siehe linke Seite) hatte eine Stadtteilforschung in München-Haidhausen zum Thema Ausländer veranstaltet. Griechische Geschäfte und Restaurants sollten gefunden werden; was man fand, war u. a. ein Zettel an einem Laden: „An unsere ausländischen Mitbürger:

hier wird nicht gehandelt" So bekommt der deutsche Kunde wieder eine Lektion: Merke – alle Ausländer handeln beim Einkauf.
Während dieser Aktion entstand die Idee: Wir fahren mal nach Griechenland und gucken, wie unsere griechischen Klassenkameraden leben. Der Niko zum Beispiel: sein Vater arbeitet bei BMW in München, seine Mutter ist Putzfrau, seine kleine Schwester ist im Kindergarten. Aber wie lebt er eigentlich in Griechenland?
Ein Plan und eine lange Vorbereitungszeit – ein Jahr. Sehr bald war nämlich beschlossen, aus der Reise später eine Ausstellung für andere Jugendliche zu machen. Da hieß es jetzt schon Material sammeln, Umfragen machen, sich erkundigen, wie so eine Ausstellung überhaupt gemacht wird. Markus (damals 12): „Also, ohne die Sylvia und den Hartmut hätten wir nicht gewußt, wie wir das machen sollen". Sylvia Heintje und Hartmut Witte sind Mitarbeiter bei der Päd. Aktion, und sie wissen natürlich, wie man eine Umfrage macht, ein Tonbandgerät bedient, fotografiert – und sie wußten auch, wo eine ähnliche Ausstellung zu sehen war. „Es leben sehr viele Menschen in den Niederlanden" – die Ausstellung im Kindermuseum Amsterdam wurde zum Vorbild für die „Octopus"-Gruppe (sie hat ihren Namen übrigens nach dem achtarmigen Mittelmeertier = acht Mittelmeerländer). Dort gibt's weder Photos noch Schautafeln noch Kulissen, sondern alles war echt, z. B. ein türkischer Dorfplatz mit einem Café mit „richtigen" Gegenständen; jeder Besucher wurde zum Türken, bekam Informationen durch die Betreuer und durfte dann „mitspielen". So wollte es die Octopus-Gruppe auch machen, allerdings nicht ganz auf Informationen und Photos verzichten. Tini (11): „Damit man auch sieht, wie es wirklich ist."
Damit war aber auch schon klar, daß die Griechenlandreise nicht grad ein Faulenzerurlaub sein würde: Tagebucheintragungen mußten täglich gemacht, Gespräche geführt und Photos geknipst werden. Das hieß: jeder der zehn Beteiligten

(neben den 6 „Octopussen“ fuhren noch Hartmut, Sylvia und die Mutter von Claudia und Tini mit) mußte mittun, sich verantwortlich fühlen, daß was passierte. Das sei schon vorweggenommen: „Es ist einfach toll gelaufen – wie ein Familienausflug, wie eine glückliche Familie“ (Hartmut)
Man muß sich das mal vorstellen: neun Leute leben und schlafen in einem ausrangierten Verkehrsbus (er gehörte zu den bunt bemalten „Spielbussen“ der Päd. Aktion), abends werden aus Bierkästen Betten gebaut, jeder hatte eine Matratze dabei, die dann tagsüber zum Sessel wurde. Gekocht wurde auf einem Gaskocher.

Überall wo der Bus hinkam, erregte er natürlich erst mal Aufsehen. Und der erste Kontakt war hergestellt. Markus (12) schreibt in sein Tagebuch: „Die Menschen in dem Dorf Platanakia sind zu uns sehr nett. Sie schenken uns täglich frische Feigen, Birnen, Äpfel, Tomaten, Bohnen und Paprika – wenn das so weitergeht, können wir fast jeden Tag frischen selbstgemachten Salat essen“. Und noch etwas anderes fällt auf: „Die

Griechen versuchen, einem alles verständlich zu machen, auch wenn sie wissen, daß man kein griechisch spricht. Sie versuchen es dann mit Gestik. Die Deutschen lassen die Ausländer gleich stehen, wenn sie etwas nicht verstehen" (Annette, 14)

Überall bekommen sie bereitwillig Auskunft, Niko ist ein begeisterter Dolmetscher. Zum Beispiel bei dem Interview mit der Besitzerin des Ladens in Kosani, die 15 Jahre in Deutschland gelebt hat:

Gertrud (14): „Wo finden Sie es schöner?"

„Beide Länder sind schön. Mir gefallen alle."

Gertrud: „Was wollten Sie in Deutschland?"

„In Deutschland bekommt man mehr Geld für die Arbeit als in Griechenland."

Gertrud: „Wieso sind Sie wieder nach Griechenland gekommen?"

„Weil meine Tochter, die in Deutschland geboren wurde, unbedingt mal Griechenland sehen wollte. Jetzt gefällt es ihr sehr gut. Sie geht jetzt auf ein Gymnasium und will ihr Abitur machen". Solche Informationen sollten dann später auf den Ausstellungstafeln verwendet werden.

Jeden Morgen beim gemeinsamen Frühstück wurden die Erlebnisse vom Vortag ausgetauscht (und gleich auf Tonband aufgenommen): Wiltrud und Sylvia haben Nikos Familie besucht, d. h. einen ganzen Tag mit ihnen verbracht und bei der Haselnußernte mitgeholfen (davon gibt's auch noch ein Bild: Niko, wie der „Hahn im Korb" zwischen lauter Frauen, tritt die Nüsse mit den Füßen auf, die Frauen und Mädchen „puhlen" sie aus), Annette, Claudia und Tini waren in der Schule und haben dort Photos gemacht („Am tollsten ist der alte Kohleofen in der Klasse") und Markus hatte sich den Jungens im Dorf angeschlossen. Sylvia: „Er kann zwar nur 2 Worte griechisch, konnte sich aber die ganze Nacht mit denen unterhalten."

Wo immer sie hinkamen: immer wurde der bunte Spielbus zur Attraktion des Dorfes. Man konnte buchstäblich die Fragen auf den Gesichtern ablesen: ist das *eine* Familie? Wie paßt das zusammen, Kinder von 10 – 16, die beiden jungen Leute (Hartmut und Sylvia) konnten unmöglich die Eltern sein. „Sind das alles Deine Kinder?“ wurde Hartmut schließlich vorsichtig gefragt. Kontakt zu den Kindern des jeweiligen Dorfes war schnell hergestellt,

erst recht, wenn Sylvia die Farben herausholte und die Kinder begannen, sich gegenseitig anzumalen. Hartmut: „Keiner der Griechen, die drumherumstanden, hätte seinem Kind verboten sich anzumalen. Sie sind sehr liebevoll und ruhig mit ihren Kindern, schauen ihnen beim Spielen zu oder spielen selber mit.“

Bei der Zirkusvorstellung, die in Platanakia zusammen mit den Kindern veranstaltet werden sollte, ist allerdings allen

erst mal recht mulmig geworden. Zirkus – das war bei Päd. Aktionen eigentlich sonst mehr eine Mordsgaudi, mit Perükken, alten Fetzen, Schminke und ein bißchen Handstand. Als die Kinder des Dorfes dann „Zirkus“ hörten und dies zu Hause weitererzählten, sah sich der Spielbus am Abend plötzlich von etwa 100 Erwachsenen und Kindern – alle hatten brav ihre Stühle und die Verwandten aus dem nächsten Dorf mitgebracht – umringt. Annette: „Uns hat erst der Schlag getroffen, aber dann war das so lustig, alle haben viel geklatscht und gelacht. Das könnt’ ich mir bei uns gar nicht vorstellen.“ Claudia: „Mir war’s trotzdem etwas unangenehm, weil ich so ein kurzes Tüllröckchen anhatte, und ich hab dann erfahren, daß in Griechenland 14jährige Mädchen ja schon im heiratsfähigen Alter sind.“

Das sollten sie bald miterleben, denn in Platanakia heirateten ein 15jähriges Mädchen und ein 19jähriger Junge (beide sind inzwischen in Deutschland). Das ganze Dorf und natürlich auch die Gäste aus Deutschland waren eingeladen.
Aus dem Tagebuch von Claudia:

Tag der Braut. 29. August
Gleich nach dem Frühstück setzen wir uns wieder an unser Hochzeitsgeschenk, denn es muß jetzt unbedingt fertigwerden. Wir sticken und sticken an unserem Spielbus, manchmal gleich zu viert. Dann überlegen wir, was wir anziehen sollen und wie wir uns frisieren. Abends besuchen wir die Braut und bekommen gleich Likör und Mandeln. Vom Haus der Braut gehen wir ins Kafenion, wo die Feier schon in vollem Gange ist. Es wird gegessen, getrunken und viel getanzt.

Das Hochzeitsgeschenk – ein gestickter Spielbus – hängt heute über dem Ehebett des Brautpaares.

Vielleicht wäre die Reise der „Octopus"-Gruppe leicht ins Exotische abgeglitten bei so vielen freundlichen Erlebnissen, wären sie nicht immer wieder auf die Realität gestoßen. Und die heißt in Griechenland: Dörfer, die ehemals sehr reich waren, in denen viele Menschen wohnten, sind heute verlassen, weil kein Hinterland da ist, weil die Bauern ihre Sachen nicht absetzen können und keine Industrie Arbeitsplätze bietet. Wiltrud: „Wir waren in einem Dorf, da haben uns die Leute erzählt, daß früher einmal 3 500 Menschen dort gewohnt haben, daß es heute nur noch 250 sind. Sie sind weggegangen, viele nach Athen und Thessaloniki, oder sie arbeiten in Deutschland, in den USA, Kanada oder Australien."
Als die Kinder später Photos von Agios Germanos, einem solchen verlassenen Dorf, zeigen, sagen einige griechische Lehrer in München, daß die Photos „eine Lüge" wären.
Die Griechen in Platanakia gehen um 5 Uhr in die Tabakfelder und arbeiten dort bis ungefähr 10 Uhr. Danach legen sie sich

über Mittag hin und am Nachmittag ziehen sie die Tabakblätter auf Schnüre, die sie dann zum Trocknen aufhängen. Für eine Tabakschnur bekommen sie ca. 140 Drachmen (etwa DM 7,–). Eine solche Schnur wird später ebenso in der Ausstellung zu sehen sein wie die griechische Fahne, Tabli-Spiele, griechische Schilder, griechische Zeitungen, ein Schuhputzkasten und Markus' Sammlung der unterschiedlichsten Flaschenverschlüsse. Dokumente einer Reise. Erinnerungen, Informationen, Aufforderungen zum Anschauen, Anfassen, Sich-Hinein-Fühlen: Das ist Griechenland. Das ist Nikos Heimat.

Zurück in München: die Auswertung beginnt, eine Arbeit, die die Gruppe 3 Monate Arbeit kostet. Die Photos werden gesichtet, Interviews angehört, Tagebuchaufzeichnungen verglichen und ausgewählt.

Was letztendlich bei der Eröffnung im März 1982 als Dokumentation zu sehen war, ging weit über das hinaus, was die beteiligten Jugendlichen hätten alleine bewerkstelligen können (weder von den Kosten noch von dem „know-how", den technisch-künstlerischen Möglichkeiten). Es ist inzwischen eine Wanderausstellung geworden mit Stelltafeln, Begleitheften, Postern, Diaserien, Super-8-Filmen und Musikdokumentationen. Die Ausstellung ist in allen Medien hochgelobt, von Schulen angefordert und von Ministerien als beispielhaft bezeichnet worden. Über 100 Schulklassen in München haben die Ausstellung besucht.

Was hat es für die 6 „Octopusse" Wiltrud (heute 16), Markus (14), Tini (12), Claudia (16), Gertrud (16) und Annette (16) gebracht? Die Reise ist zwei Jahre her, ist ein Ansporn geblieben, irgendwo mitzumachen, aktiv zu sein?

Claudia ist heute Tutor am Gymnasium Unterhaching bei München, d. h. sie betreut jüngere Schüler an ihrer Schule: „Für mich war das damals die erste Erfahrung, daß ich etwas auf die Beine stellen kann"

Wiltrud: „Das hat mir damals wirklich viel Spaß gemacht, auch das gemeinsame Arbeiten. Wir haben leider keinen Kon-

takt mehr zueinander, und bei mir ist seitdem ein bißchen der Dampf raus“
Markus: „Also, ich würd jederzeit wieder bei so einer Reise mitmachen. Auch wenn's mit Arbeit verbunden ist“
Annette: „Mir hat diese Reise unheimlich geholfen, mehr von den Leuten zu verstehen. Ich weiß aber auch nicht, ob so eine Ausstellung reicht, um wirklich Vorurteile abzubauen.“

Der BUND NATURSCHUTZ in Bayern e.V.

ist gegen
- unnötige Autobahnen und Straßen
- Betonklötze in schöner Landschaft
- Lärm, Verschmutzung von Gewässern und Luft
- Vernichtung von Pflanzen- und Tier-Reservaten
- Zerstörung von Erholungslandschaften

Argumente, Mitglied zu werden

Sven (18): Gegen die Ohnmacht hilft nur, sich in Gruppen zusammenzutun, Öffentlichkeit zu erreichen, den Leuten einen kranken Baum vor die Nase zu halten: schaut euch mal den Mist an, der da passiert.

Stefan (17): Ich hab gesehen, daß der Wald stirbt, die Gewässer verschmutzt und die Luft verpestet werden, da hab ich mir gedacht, ich muß aktiv was dagegen unternehmen.

Andrea (17): Bei mir ist es so, daß ich mich informieren **muß,** wenn ich wissen will, was ich machen kann. Jeder muß bei sich anfangen.

„Für die Kröten neue Laichplätze zu schaffen und gegen AKW's zu demonstrieren, ist für mich kein Widerspruch“

Bund Naturschutz – Jugendgruppe Nürnberg

„Also, früher haben sie mich den Wald- und Wiesenheini genannt,“ sagt Sven (18), 10. Klasse Realschule Nürnberg, und lacht. Seit drei Jahren ist er in der Jugendorganisation des Bundes Naturschutz aktiv. Zugegeben, ich hab' auch so etwas ähnliches erwartet: ein bißchen absonderliche Typen, die gerne Pflanzen unter dem Mikroskop betrachten und feste Wanderschuhe tragen. Und als mich Donat Kamphausen, Artenschutzbeauftragter des BN Nordbayern in Nürnberg, mit rausnahm in den Reichswald, um mir die Froschteiche zu zeigen, die die Jugendgruppe in wochenlanger Arbeit angelegt hatte, fühle ich mich schon fast bestätigt: „Wir haben hier einen kleinen Tümpel angelegt, in dem dann im ersten Jahr Pionierbiotopbesiedler abgelaicht haben. Im Laufe der Sukzessionen in der Natur ändern sich diese Pionierbiotope in die sogenannte Klimax.“
Ich verstehe kein Wort. Ob die wohl alle so reden?
Als ich die anderen der Gruppe treffe, den Marc (19), den Stefan (17), Michael (16), Andrea (17) und Thomas (alles Schüler und Lehrlinge) und die „Atomkraft – nein danke“-Abzeichen und die Friedenstauben an den Jacken sehe, wird mir klar, daß es sich doch wohl um eine ganz neue Generation beim BN handeln muß. Stefan: „Früher war das vielleicht mal so etwas wie ein naturbeobachtender Lehrerverein, aber im Laufe der

letzten Jahre sind ganz andere Leute dazugekommen." Im Klartext: von den ca. 20 Mitgliedern der Jugendgruppe (Alter zwischen 15 und 25 Jahre) sind durchweg alle AKW-Gegner und die meisten gegen die Aufrüstung. Das schafft natürlich schon ganz bestimmte gemeinsame Ziele.
Aus dem Grundsatzpapier der Jugendgruppe:

"Die Natur ist bedroht, und wir dürfen und können nicht länger tatenlos zugucken. Auf Gespräche müssen konkrete Aktionen folgen, damit viele Leute aufmerksam werden und mitmachen, so lange bis die Natur wieder intakt ist und mit ihr der Mensch."

Und was, frage ich, haben Froschtrageaktionen mit Aktionen gegen Atomkraftwerke zu tun?
„Das mit den Kröten ist so: da wurde Lebensraum kaputtgemacht bzw. die Laichplätze wurden durch Autostraßen unerreichbar. Unsere Aufgabe war es, einmal die Kröten davon abzuhalten, über die Straße zu latschen – was ihren sicheren Tod bedeutet hätte – und sie in Ersatzlaichplätze zu setzen". Sven ist schon bei der dritten Kröten-Aktion des Bundes Naturschutz dabei. Jedes Frühjahr geht's los: auf einer Länge von etwa zwei Kilometern wird an der Straße die Böschung abgegraben und mit Plastikfolie verkleidet. Die Kröten, die eine solche Steigung nicht bewältigen können, kriechen neben der Straße entlang und fallen in Eimer, welche in zehn Metern Abstand in den Boden eingegraben sind. Allabendlich sammeln die Mitglieder der Amphibiengruppe des BN die Kröten ein und bringen sie in die neu angelegten „Ersatzbiotope", das sind kleine Weiher ohne Ablauf, die im Laufe der Jahre von selber verwildern und in der nächsten Krötengeneration als Laichplatz angenommen werden.
„Und uns kommt's ganz absurd vor, wenn zum Beispiel so ein fein säuberlich gepflegter Weiher neben einem AKW steht". (Sven) Natur schützen hat für ihn schon lange nichts mehr mit Tierliebe allein zu tun: „Es ist praktisch eine Überlebensfrage,

Donnerstag, 13. 11. 1980

Rettungsaktion seit acht Jahren

Überlebenshilfe für Nürnbergs Kröten

Amphibiengruppe des Bundes Naturschutz schuf am Stadtrand über 100 Tümpel

Von Außenstehenden wird ihr Treiben meist milde belächelt, denn wer nimmt schon jemanden ernst, der seine Freizeit dazu benutzt, so „greuliche" Amphibien, wie Kröten, Frösche, Molche oder Unken vor dem Aussterben zu bewahren. Die Rede ist von einer etwa 20köpfigen Gruppe des Bundes Naturschutz in Nürnberg, der „Amphibiengruppe". Die Arbeit dieser Idealisten ist den Fachleuten auf dem Gebiet des Umweltschutzes großes Lob und Anerkennung wert. Und die Stadt Nürnberg honoriert die achtjährige Mühe der Amphibiengruppe mit dem Umweltschutzpreis dieses Jahres.

daß unsere Umwelt gesund ist, damit wir auch gesund sind." Stefan: „Für die Kröten neue Laichplätze zu schaffen und gegen AKW's zu demonstrieren ist für mich kein Widerspruch, denn es geht hauptsächlich darum, unseren Lebensraum zu erhalten, nicht eine einzelne Tierart". Was die Gruppe allmählich nervt, ist der Umstand, daß sie ständig nur mit den Krötentrage-Aktionen identifiziert werden und dafür von allen Seiten gelobt und belohnt werden. 1980 hat die Stadt Nürnberg der Amphibiengruppe den Umweltschutzpreis verliehen. – „Wohlgemerkt dieselbe Stadt, die den Bau der Straßen zu verantworten hat". Thomas: „Ich bin nicht in der Gruppe des BN, um nur Kröten zu tragen, sondern ich will mehr Spektakuläres machen, z. B. Ausstellungen, Stände,

Demos oder auch Leute zu Waldsäuberungsaktionen zu bringen". Allerdings haben sie sehr schnell erkennen müssen, daß schon ein ganz anderer Wind weht, wenn sie sich auf das Glatteis von Protesten und Aktionen begeben: „Als wir in der Innenstadt vor Weihnachten eine Aktion zum Thema Waldsterben gemacht haben und als Sanitäter verkleidet einen kranken Baum auf der Bahre trugen, wurden wir nicht nur gelobt. ‚Geht doch rüber' und ‚Kommunisten' hieß es da." (Sven) Widersprüchlichkeiten bei den Politikern werden inzwischen nur noch zynisch zur Kenntnis genommen. Beispiel: Vor der Landtagswahl erschien in einem Lokalblatt eine Anzeige der CSU: „Die CSU: Wir mit dem Bund Naturschutz für die Anlage von Krötenteichen". Stefan: „Gegen Krötentragen hat natürlich niemand etwas. Aber dieselbe Partei, die jetzt sagt, wir mit dem Bund Naturschutz, tritt vehement *für* den Rhein-Main-Donau-Kanal ein, *für* die Startbahn West und andere umweltzerstörerische Projekte ein. Sie will zwar in

kleinem Rahmen, z. B. mit den Krötenteichen, helfen, zerstört aber in großem Rahmen viel mehr."
In der Gruppe besteht Einhelligkeit darüber, daß bei solchen Sachen ordentlich „dazwischengefunkt" werden muß: „Unser Maßstab kann nicht sein, wo wir Zustimmung finden bzw. keine".
Da wird's wohl demnächst mit der Stadt Nürnberg Krach geben: Einen Bunker aus dem 2. Weltkrieg will die Stadt demnächst mit Asbestplatten verkleiden [Anm.: Asbest ist eine schädliche Mineralfaser, die akut krebserregend wirken kann]. „Und das in einer Zeit, wo jeder Politiker sagt, daß ein umweltpolitischer Wandel da ist" (Thomas) Die Jugendgruppe des BN hat den Vorschlag gemacht, den Bunker mit Efeu zu begrünen – was ca. vier Jahre dauern würde. Kosten: etwa DM 1 000,–; dieser Vorschlag wurde vom Stadtrat abgelehnt, statt dessen für DM 130 000, – der Kauf von asbesthaltigen Eternitplatten beschlossen. Andrea: „Wenn man davon ausgeht, daß eine Efeupflanze DM 10,– kostet, dann könnte man für DM 130 000,– ganz Nürnberg begrünen."
Geplant ist jetzt eine Aktion, bei der Plakate an den Bunker angehängt werden sollen: DIESER BUNKER SOLL MIT GESUNDHEITSSCHÄDLICHEN ETERNITPLATTEN VERKLEIDET WERDEN; DIE UMWELTFREUNDLICHE LÖSUNG, DEN BUNKER MIT EFEU ZU BEPFLANZEN, WURDE VON DER STADT ABGELEHNT.
Das wird „Zoff" geben. Wo doch die Stadt Nürnberg den Bund Naturschutz auch noch finanziell unterstützt, zwar minimal, aber doch ohne Murren.
„Auf diese DM 200,– im Jahr könnten wir auch verzichten." (Marc) „Wir wollen uns auf keinen Fall abhängig machen von der Stadt Nürnberg. Dann wären wir ja eine Institution der Stadt und hätten letztlich zu machen, was die Stadt will. Wir lassen uns auf keinen Fall vor den Karren irgendeiner Partei spannen." (Stefan) Und was sagt der Dachverband des Bundes Naturschutz zu seinen „aufmüpfigen" Jugendlichen?
„Kein Problem" sagt Donat Kamphausen stellvertretend für

den BN. „Umweltpolitische Forderungen können wir so radikal stellen, wie wir wollen, da müssen wir erst mal nichts befürchten; bisher war's noch so, daß nie eine Rüge oder sonst was von oben gekommen ist. Diskussionen gibt's nur, wenn eine Partei eine Demonstration macht für ein Thema, und wir dann halt auch hingehen." Solange es Demonstrationen sind, die von mehreren Organisationen getragen sind, hält auch Donat Kamphausen eine Beteiligung für vertretbar.
Der Bund Naturschutz hat bisher Parteienpolitik immer klar abgetrennt von seiner eigenen Arbeit. In der Präambel heißt es: „Ziel des Naturschutzes ist es, die Natur und damit das Leben in seinen verschiedenen Erscheinungsformen zu erhalten und dadurch eine menschenwürdigere Umwelt auch für die kommenden Generationen zu sichern. Dabei darf Naturschutz nicht als Selbstzweck mißverstanden werden, der Mensch hat gegenüber der Natur eine Verantwortung um ihrer selbst willen. Wir müssen erkennen, daß wir selbst Teil der Natur sind. Störungen ihrer Zusammenhänge und Kreisläufe, etwa die Vernichtung von Pflanzen und Tierarten, treffen schließlich auch uns selbst."
Das Thema Natur ist inzwischen ein Politikum geworden, dementsprechend sehen die Mitglieder der Jugendgruppe des BN ihre Arbeit ganzheitlich, d. h. *auch* politisch: „Ich bin selber ein großer Naturfreund, mein Hobby ist die Biologie. Aber es geht inzwischen über das rein Botanische, Weiher anlegen und Hecken pflanzen für Nistmöglichkeiten, hinaus. Das Waldsterben ist halt ein politisches Thema." (Thomas)
Die Aktionen, die die Jugendgruppe des Nürnberger BN in den letzten drei Jahren auf die Beine gestellt hat, sind beachtlich. 15 – 20 Leute sind eigentlich ständig dabei, wobei zu den einzelnen Aktionen jeweils Untergruppen gebildet wurden. Dazu gehören

- die Weihnachtsaktion 1982. „Das ist Ihr Weihnachtsbaum von morgen"
- Ausstellungen an Schulen zum Thema Umweltschutz
- Beteiligung bei der BBU-Aktion

„Stoppt den sauren Regen"
mit einer Unterschriftensammlung

- Fahrraddemo zum Thema Baumsterben
- Exkursionen
- Moorentlandung (d. h. Bäume rausschlagen, um seltene Pflanzen zu retten)
- Heckenpflanzaktionen, um Nistmöglichkeiten zu schaffen

„Was uns fehlt, sind Leute mit guten Ideen für wirkungsvolle Aktionen, aber jeder ist willkommen, der nur mitmachen oder sich informieren will."

„Es gibt Sachen, die einfach gemacht werden müssen"

amnesty international – Schülergruppe München

München, Fußgängerzone. An einem Informationsstand wird mir ein Flugblatt in die Hand gedrückt.

ai – September 1983

In Gabun wurden sieben Beamte bzw. ehemalige Beamte der Regierung festgenommen, nachdem in der Hauptstadt Libreville Flugblätter aufgetaucht sind, in denen die Regierung kritisiert und eine Änderung der Verfassung gefordert wird. Eine Woche später demonstrierten Hunderte von Menschen gegen die Inhaftierung. Weitere Verhaftungen folgen unter denen, die demonstriert haben. 37 Sympathisanten werden unter Anklage gestellt, zu Zwangsarbeit bis zu 20 Jahren verurteilt.

Berichten von ai zufolge „sind sie in der Untersuchungshaft geschlagen und auf andere Weise grausam, unmenschlich und erniedrigend behandelt worden."
Etwas in mir zieht sich zusammen; ich kenne das Gefühl schon. Immer wenn ich an Infoständen von amnesty international vorbei gehe, geht's mir so. Ich werde an all das erinnert, was ich eigentlich nicht hören möchte.
Daß es Länder gibt, in denen Menschen oft jahrelang und unter unwürdigsten Bedingungen inhaftiert sind, weil sie eine andere Meinung als die der Regierung haben. Daß Menschen „verschwinden" und die Regierung des jeweiligen Landes behauptet, nichts von ihrem Verbleib zu wissen.
Daß Menschen in Gefängnissen gefoltert werden, um Geständnisse aus ihnen herauszupressen für Dinge, die sie nicht gemacht haben oder auch nur, weil sie politisch anders denken.
Ich möchte manchmal nichts davon hören, weil es mich elend und ohnmächtig macht.
Bin ich mit 36 Jahren besonders feige? Sind Marc (15), Tina (17), Steffi (15), Christian (17) und Martin (17) besonders mutig? Sie gehören zur Schülergruppe von ai in München. Was haben Jugendliche überhaupt in einer Organisation zu tun, in der es um Kampf gegen Folter, politischen Mord und Inhaftierung geht?

Wie können sie eine solche Arbeit aushalten?
Begreifen sie überhaupt, was sie da machen?
Christian hört es nicht gerne, wenn man ihn und andere Mitarbeiter von ai bewundert und für besonders „selbstlos" hält. Genauer gesagt war es bei ihm auch mehr ein Zufall, daß er an diese Organisation geraten ist, er wollte „halt etwas machen" – wie die anderen der Gruppe übrigens auch. amnesty hat ihm diese Entscheidung eher leicht gemacht, „einmal weil sie bekannt war, zum anderen gibt es meiner Meinung nach dort kaum Punkte, wo man anderer Meinung sein könnte."

„amnesty international bemüht sich um die sofortige und bedingungslose Freilassung von Menschen, die irgendwo auf dieser Welt wegen ihrer Überzeugung, ihrer Hautfarbe, ihres Geschlechts, ihrer ethnischen Herkunft, ihrer Sprache oder ihres Glaubens inhaftiert sind, vorausgesetzt, sie haben Gewalt weder angewandt noch befürwortet. Sie werden als gewaltlose politische Gefangene bezeichnet. amnesty international setzt sich für faire und zügige Gerichtsverfahren für alle politischen Gefangenen ein sowie für Personen, die ohne Anklage oder Prozeß festgehalten werden. Sie spricht sich ohne Einschränkungen gegen die Todesstrafe und gegen Folter und andere grausame, unmenschliche oder erniedrigende Behandlung oder Strafe aus."

aus: amnesty international –
Jahresbericht 1982

Von Angola bis Zimbabwe, von Argentinien bis Ungarn, insgesamt in 121 Ländern hat amnesty Menschenrechtsverletzungen aufgezeigt.

Wir trauern um mehr als 3500 Opfer der Todesstrafe im Iran seit dem Frühjahr 1979. Unter ihnen Kinder.

Viele wurden hingerichtet, weil sie von ihrem Recht auf freie Meinungsäußerung Gebrauch gemacht hatten. Sie alle mußten sterben, weil ihr Staat das garantierte Recht auf Leben mißachtet und so gegen ihr elementarstes Menschenrecht verstößt.

amnesty international
– Sektion der Bundesrepublik Deutschland e.V. –

Steffi arbeitet seit anderthalb Jahren bei ai mit. Zwischendurch gab es bei ihr immer wieder ein „Tief", ob denn die Arbeit, die sie macht, wirklich etwas nützt: zum Beispiel das Briefeschreiben an die Regierungsbehörden des jeweiligen Landes, in dem Verstöße gegen die Menschenrechte bekannt wurden: „Oft denk ich mir, warum mach ich das eigentlich, der Brief wird ja sowieso weggeschmissen. Dann kommt bei mir so ein mieses Gefühl. Auch wenn ich die Zeitungen lese, wo überall gefoltert wird. Als ich den Film *Missing* gesehen habe [Anm.: ein Film von Costa Gavras, der über einen Fall in Lateinamerika berichtet, bei dem ein Mensch einfach „verschwindet", was im Klartext heißt: er wurde von den Militärs umgebracht], da mußte ich einfach heulen. So viele tote Menschen überall. Was soll ich da mit meinem Brief.
Aber ich glaub, daß man das einfach nicht fragen darf." Also tippt sie weiter Briefe. Eine mühselige Arbeit, die sie mindestens vier Stunden Arbeit kostet. Am Anfang wußte sie nicht einmal, wie man einen Botschafter anredet. „Da hab ich halt in dem Handbuch von ai – Briefe an Regierungsbehörden – nachgeschlagen."
Langsam geht das Schreiben mit einem Finger, und das Ganze muß am Schluß auch noch in die jeweilige Sprache des Landes übersetzt werden.

Ein Brief an den Justizminister in Marokko sieht zum Beispiel so aus:

Eure Excellenz,
als Mitglied einer Gruppe von amnesty international habe ich die Aufgabe, den 17jährigen Oberschüler Ahmed Mamoud zu betreuen.
Er gehört zu jener Gruppe von Schülern und Studenten, die zwischen März und Juli vorigen Jahres in das Zivilgefängnis von Casablanca eingeliefert wurden. Ohne Prozeß werden diese jungen Leute dort seit über einem Jahr wie Kriminelle behandelt und unter schlechten Haftbedingungen gefangengehalten.

Wie Sie, verehrter Herr Minister, sicherlich wissen, verfolgt amnesty international keinerlei politische Ziele (wir betreuen zum Beispiel auch viele Gefangene in der UdSSR) und unsere Gruppe teilt nicht immer die politischen Überzeugungen der Gefangenen, die sie betreut. Uns ist auch bekannt, daß es solche Vorkommnisse in fast allen Ländern der Welt gibt.
Unser Problem ist es, daß unsere Briefe an Ahmed Mamoud vom Direktor des Zivilgefängnisses in Casablanca nicht weitergeleitet werden. Wir wollen Ahmed Mamoud nur helfen und ihn in keiner Weise beeinflussen.
Excellenz, haben Sie die Güte, uns mitteilen zu lassen, was wir tun können, damit Ahmed Mamoud unsere Briefe erhält ...

Jeden Monat führt ai zusätzlich eine internationale Briefaktion zugunsten von drei politischen Gefangenen in verschiedenen Ländern durch. Die „Gefangenen des Monats“ werden vom Internationalen ai-Sekretariat in London nach Dringlichkeit der Fälle ausgesucht, z. B. bei schweren Erkrankungen im Gefängnis, einem Todesurteil oder bei einer langjährigen Inhaftierung. Ob die Briefaktion Erfolg hat, erfahren die ai-Mitglieder oft gar nicht; manchmal werden Gefangene plötzlich bei einer Amnestie freigelassen, auf die meisten Briefe kommt aber gar keine Antwort.
„Ich glaub, man darf gar nicht erst anfangen zu fragen, ob der Brief was nützt oder nicht“, meint Marc (15), der erst seit kurzem zu dem Schülerarbeitskreis von ai dazugekommen ist. Allerdings bemerkt er bei sich schon seit einiger Zeit „einen unwahrscheinlich tiefen Pessimismus, daß das, was ringsum auf der Welt passiert, eigentlich immer schlimmer wird.“

amnesty international

Metall-Grafik Gestaltung Wilhelm Zimmermann Foto: Hartmann

„In der Nacht des 10. Januar 1981 stapelten salvadorianische Soldaten die Leichen von 22 jungen Leuten auf einem Parkplatz in San Salvador. Die Gesichter der fünf Mädchen waren entstellt. Nach Zeugenaussagen waren die Jugendlichen beim Essen gewesen, als um 15.30 Uhr eine Militärpatrouille das Haus, in dem sie sich aufhielten, umzingelten. Die Soldaten schossen mit automatischen Waffen und warfen zwei Granaten.
Es gab keinerlei Beweise dafür, daß die Opfer das Feuer erwidert hätten."

aus: amnesty international –
Jahresbericht 1982

Mit Betroffenheit alleine, so sind sich die 5 Mitglieder der Münchener Arbeitsgruppe einig, ist niemandem geholfen.
Christian: „Ich denk oft gar nicht mehr an die Leute, die gefoltert werden und für die ich dann einen Brief schreibe, ich kann das auch gar nicht mehr. Für mich ist das Briefeschreiben schon fast so etwas wie ein Formular ausfüllen. Wenn man bei jedem Bericht, bei jedem Brief an die Leute denkt, dann kann man das bald nicht mehr machen.
Man kann das nur noch statistisch sehen."
Martin: „Das ist eigentlich nicht mehr Betroffenheit, was ich empfinde; ich fühl mich eher verantwortlich: wenn die Leute sich nicht mehr persönlich helfen können, sind sie auf uns angewiesen."
Bei ai zählt jeder freigelassene Gefangene als Erfolg:

Bis 1981 hatte ai
- insgesamt 4 952 Gefangene als gewaltlose politische Gefangene „adoptiert", d. h. eine oder mehrere Gruppen bemühen sich um ihre sofortige und bedingungslose Freilassung.
- 1 703 neue Fälle aufgenommen
- bei der Freilassung von 1 019 Gefangenen mitgewirkt.

Brief eines Gefangenen aus Bulgarien, heute frei:
(aus: ai-Handbuch)
„Als ich im Gefängnis war, hatte ich überhaupt keine Verbindung zur Außenwelt. Jedoch stellte ich fest, daß der einzige Weg, mein Leben zu retten, darin bestand, die öffentliche Meinung der Welt aufzurütteln und inständig zu hoffen, daß meine Freunde und Kollegen versuchten, etwas für mich zu unternehmen. Meine Hoffnungen waren nicht vergebens. Ich danke für die unermüdlichen Bemühungen von amnesty international und vielen anderen öffentlichen Einrichtungen und Freunden; Proteststimmen über meine schreckliche Lage erhoben sich in der ganzen Welt."

Steffi, die von sich selber glaubt, daß sie noch viel tun muß, „um selber friedfertig zu werden", gibt zu, daß ihr solche kleinen Erfolge wieder viel Kraft geben. Trotzdem braucht sie auch andere, „positive" Aktivitäten in ihrer Freizeit.
„Nur ai, das kann man nicht machen, da wird man auf die Dauer verrückt, das verkraftet man nicht."
Sie engagiert sich wie die anderen für Umweltschutz und Friedensbewegung. Prioritäten, *wo* man sich engagieren sollte, will niemand gelten lassen. „Es gibt Dinge, die sind wichtig zu tun, unter denen werte ich eigentlich nicht. Amnestyarbeit ist nicht wichtiger als der Kampf der Greenpeace-Leute gegen das Robbenschlachten. Es gibt Sachen, die einfach gemacht werden müssen." (Tina)

Gefangene des Monats

ai amnesty international

Sektion der Bundesrepublik Deutschland e.V.
Postfach 17 02 29
5300 Bonn
Tel.: (02 28) 65 09 81

Postscheckkonto Köln Nr. 2240 46-502
BKD Duisburg, Konto Nr. 30.000

September 1983

Alle hier vorgestellten Gefangenen sind politische Gefangene. Jeder von ihnen ist aus religiösen oder politischen Gründen, wegen seiner Hautfarbe, seines Geschlechts, der ethnischen Herkunft oder Sprache inhaftiert. Sie haben weder Gewalt angewendet noch befürwortet. Ihre fortgesetzte Inhaftierung stellt eine Verletzung der Allgemeinen Erklärung der Menschenrechte der Vereinten Nationen dar.

Internationale Appelle können dazu beitragen, die Freilassung der Gefangenen zu erreichen oder die Haftbedingungen zu erleichtern. Schreiben Sie bitte, im Interesse der Gefangenen, höflich formulierte Briefe an die Behörden des Landes und betonen Sie, daß Ihre Sorge um die Menschenrechte rein humanitären Gründen entspringt und nicht mit irgendeiner parteipolitischen Orientierung zu tun hat. Richten Sie Ihren Brief unter *keinen* Umständen an den Gefangenen selbst.

Porto:	Luftpostkarten:	Luftpostbrief-Grundgebühr	je 5 g Zuschlag
Gabun	0,90 DM	1,20 DM	0,20 DM
China	0,90 DM	1,20 DM	0,30 DM
Marokko	0,90 DM	1,20 DM	0,20 DM

Siebzehn Gefangene — Gabun

Alle 17 verbüßen Haftstrafen von bis zu 15 Jahren mit harter Arbeit aufgrund einer Verurteilung, die auf Anklagen basierte, wonach sie angeblich Mitglieder einer verbotenen politischen Organisation seien.

Am 27. November 1981 wurden sieben Beamte bzw. ehemalige Beamte der Regierung festgenommen, nachdem in der vorausgegangenen Woche in der Hauptstadt Libreville Flugblätter aufgetaucht waren. In diesen Flugblättern wurde die Regierung kritisiert und eine Änderung der Verfassung gefordert. Unterzeichnet waren sie von einer bis dahin unbekannten Gruppe „Bewegung für die Nationale Erneuerung'' (Mouvement de redressement national — MORENA).

Am 1. Dezember 1981 demonstrierten in Libreville Hunderte von Menschen für die Freilassung der sieben Inhaftierten. Dabei wurden über 100 Menschen festgenommen. Weitere Verhaftungen folgten im März 1982, als während des Papstbesuchs in Gabun wieder Flugblätter der MORENA auftauchten.

Im November 1982 wurden dann 37 angebliche MORENA-Sympathisanten aufgrund der Anklage, die Staatssicherheit gefährdet und den Präsidenten kritisiert zu haben, vor Gericht gestellt. 29 von ihnen sind für schuldig befunden und zu Strafen von bis zu 20 Jahren Zwangsarbeit verurteilt worden — später wurden die Strafen um jeweils fünf Jahre reduziert.

Ein ai-Beobachter, der während des Prozesses anwesend war, berichtete, daß das Verfahren in keiner Weise mit international anerkannten Normen für faire Gerichtsverfahren übereinstimmte.

Siebzehn der Verurteilten befinden sich heute noch immer in Haft. Berichten zufolge sind sie in der Untersuchungshaft geschlagen und auf andere Weise grausam, unmenschlich und erniedrigend behandelt worden.

Die Namen der 17 Gefangenen sind: Jean-Marie Aubame; Louis-Marie Aubame; Luc Bengono-Nsi; Paulin Boutamba Mouloungui; Jean-Marc Ekoh; Samuel Ella Ndong; Jules Mba; Moubamba Nziengui; Luc Mve Ollomo; Jean-Pierre Nguema-Mitoghe; Jerome Bina Nguimbi; Thomas Didime Nze; Jean-Pierre Nzoghe-Nguema; Jean-Baptiste Obiang Etoughe; Michel Ovono; Simon Oyono Aba'a; Paul Calvin Tomo.

Schreiben Sie bitte höflich formulierte Briefe, nach Möglichkeit in französischer Sprache, und bitten Sie um die Freilassung der 17 Gefangenen. Schreiben Sie an:

Son Excellence
El Hadj Omar Bongo
Président de la République
La Présidence
Libreville
Gabun

und bitte eine Kopie Ihres Briefes an die

Botschaft der Republik Gabun
Kronprinzenstraße 52
5300 Bonn 2

Seit September trifft sich alle zwei Wochen der ai-Schülerarbeitskreis, eine neue Untergruppe der ai-Ortsgruppe München. Zehn Schüler und Schülerinnen im Alter von 15 bis 18 Jahren sind es derzeit; ihr Ziel: „amnesty an den Schulen präsent zu machen", d. h. Flugblätter zu verteilen, Ausstellungen zu organisieren und Artikel für die Schülerzeitungen zu schreiben. Tina: „Ich glaube, daß viele Leute darauf warten, angesprochen zu werden. Die Bereitschaft ist da, die meisten warten darauf, daß jemand kommt und sagt: horch mal, hier kannst du mitmachen." Sympathisanten – darüber sind sich alle einig – gäbe es sicher genug an den Schulen, aber die meisten seien angesichts der Fülle von Problemen nur noch hilflos und apathisch.
In ihrer Gruppe soll es auch nicht so laufen, daß einer was „anschafft" und die anderen ausführen, sondern das gemeinsame Tun steht im Vordergrund. Das heißt: Briefe sollen gemeinsam aufgesetzt, Flugblätter gemeinsam gestaltet werden. „Auch wenn wir in der Schule niemals Gemeinschaftsarbeit gelernt haben." (Martin)

Ein paar wichtige Dinge zum Schluß

Eine Idee haben ...

- Mensch, da müßten/könnten wir doch was machen
- Das lassen wir uns nicht mehr gefallen
- Wenn wir warten, daß jemand anderes für uns aktiv wird, können wir schwarz werden

Das sind meist die „Sternstunden" einer Idee: wir machen etwas zusammen, gemeinsam schaffen wir mehr. Also heißt's:

- Gesinnungsgenossen suchen (am schwarzen Brett, über Schülerzeitung oder SMV)
- sich zusammensetzen und Ziele festhalten; schriftlich, denn später kann man sie als Leitfaden und Korrektiv (oder Ansporn) immer wieder brauchen
- Werbung für die erarbeiteten Ziele machen: kurzen Text (wer? was? warum? wie?) abziehen, in der Schule verteilen. Möglichst jetzt schon den Schulleiter informieren, falls später seine Unterstützung nötig ist.

Erste Erkenntnis schon zu diesem Zeitpunkt:
DAS GANZE WIRD MÖGLICHERWEISE IN ARBEIT AUSARTEN!

... und deren Verwirklichung

Aktiv werden kann man in zweierlei Hinsicht. Eine Möglichkeit ist: **Mitmachen** bei einer Initiative/Organisation.
Das hat gleich mehrere Vorteile:
- der Dachverband hat so etwas wie eine Schutzfunktion für die Jugendgruppe
  Beispiel: nicht jedes zerbrochene Waschbecken in einem Jugendtreff wird zum grundsätzlichen Clinch mit dem Stadtrat, hier kann ein „Puffer" Kreisjugendring etwa ganz hilfreich sein
- für Leute, die noch nicht so viel Erfahrung haben, wie man eine Veranstaltung organisiert, wo man ein Filmgerät haben kann oder was zu einem Infostand gehört, sind Berater aus dem Dachverband eine große Entlastung
- ein ganz leidiges Thema, nämlich Geld bzw. Unterstützung einer Gruppe, ist in diesem Fall meist ausreichend geregelt. Der Dachverband ist meist ein zuverlässiger finanzieller Unterstützer (falls er nicht gerade selber überwiegend von öffentlichen Geldern abhängig ist wie etwa der Kreisjugendring)

Ein Ratschlag, welcher Organisation man sich anschließen sollte, ist hier nicht möglich. Da muß jeder bei sich schauen, wo seine Interessen liegen. Ein Buch sei jedoch genannt, das vielleicht weiterhelfen kann:

Raimund Schoop „Das Jugendgruppenbuch" –
„Was sie wollen, was sie tun"
rororo-rotfuchs 5,80 DM

Die zweite Möglichkeit, aktiv zu werden, ist **selber machen,** selber etwas auf die Beine stellen. Hier vielleicht gleich eine Anmerkung zum Zauberwort „selbstverwaltet" (Jugendtreff zum Beispiel). Es klingt nach totaler Freiheit und stellt sich bei näherem Hinsehen doch leicht als Freiheit mit Fußangeln, Fettnäpfchen und Fiaskos heraus.

Vorab rät es sich, einen Verein zu gründen (wie es die Alzenauer Jugendlichen getan haben), einmal weil dann Mitgliedsbeiträge zusammenkommen – seien sie auch noch so minimal –, zum anderen kann man ganz anders in der Öffentlichkeit auftreten. Mit Wünschen nach finanzieller Unterstützung etwa. Das mag manche frusten, ist aber so.

Wie gründet man einen eingetragenen Verein?
Zunächst braucht man eine Satzung, die u. a. genau festlegt, was der Zweck der Gruppe ist, wie sich der Vorstand zusammensetzt, wer Mitglied werden kann usw. Am besten geht man zum Rechtspfleger des zuständigen Amtsgerichts und läßt sich beraten. Er kennt sich aus und kann möglicherweise Literatur zur Verfügung stellen. Nachdem man nach Satzungsbeschluß und Vorstandswahl den Verein zur Eintragung ins Vereinsregister angemeldet hat (Notar erforderlich!), vergehen zwei bis drei Monate, bis man Bescheid erhält.
Zugleich ist es notwendig, sich beim zuständigen Finanzamt die Anerkennung als gemeinnütziger Verein zu besorgen. (Das kann in der sogenannten formlosen Form geschehen: Hiermit beantragen wir . . .) Zu diesem Zweck schickt man eine Kopie der Satzung mit. Außerdem kann beim Jugendamt die Anerkennung als freier Träger der Jugendhilfe (ebenfalls formlos) beantragt werden.
Achtung: Diese Anerkennung ist grundsätzlich Voraussetzung für Zuschüsse vom Landkreis. Allerdings muß die Gruppe bereits ein Jahr bestehen, damit eine solche Anerkennung gewährt wird.

Und jetzt kann's eigentlich losgehen mit der Arbeit im Jugend-Treff, in der Teestube oder im Jugendladen.

WAAAS?? ARBEIT??
Hier wären wir bei einem heiklen Problem, das sich wie ein roter Faden durch alle unsere Gespräche mit den verschiedenen Gruppen hindurchzog. Wenn wir hier also Tips weitergeben, was man besser machen bzw. vermeiden könnte, dann sind das keine Ratschläge von oben herab, sondern sozusagen „aus der Szene heraus“.

Gruppenlust und Gruppenfrust

Erst mal ist es ganz toll, beieinander zu sein, vielleicht schon die eigenen Räume und vor allem ganz sicher eine Menge Pläne zu haben. Aber nach einigen Sitzungen schleicht sich schon der Frust ein
- keiner will Briefmarken kaufen gehen
- dauernd wird in den Sitzungen nebenhergequatscht, keiner hört zu
- in die Kaffeekasse wird auch nur selten eingezahlt

Man kann es auch mit „bürgerlichen“ Begriffen umschreiben, was fehlt im Miteinander:

EIGENVERANTWORTLICHKEIT
DISZIPLIN
ZUVERLÄSSIGKEIT

Eine schwierige Geschichte:
a) haben wir's nie in der Schule gelernt;
b) meinten die, die uns das beibringen wollten, immer etwas anderes damit, nämlich Anpassung, Unterordnung.

Andererseits scheint das in Gruppen ein so großes Problem zu sein (nämlich das *Nicht*vorhandensein von obengenannten Qualitäten), daß schon manche Gruppe daran eingegangen ist.

Dagegen hilft:
- Gruppentreffen jedesmal von einem anderen leiten lassen
- abwechselnd Protokoll führen
- sich nur für sich selber verantwortlich fühlen
  Nicht: „Der ... macht ja auch nichts"
- denjenigen, der aktiv ist, nicht gleich als Vereinsmeier, als „Gschaftl" bezeichnen
- sein eigenes Verhältnis zum Begriff „autoritär" überdenken (nicht jeder, der „Ruhe" in einer Sitzung schreit, weil alle quatschen, ist autoritär; eher sind die anderen unsolidarisch mit ihrem Gequatsche)
- Geldsachen grundsätzlich korrekt regeln, d. h. Buch führen über Einnahmen und Ausgaben

Ein Punkt gehört auch ganz sicher dazu, der eine eigene Betrachtung verdient:

Von Umgang mit Stadträten, Bürgermeistern und Politikern im allgemeinen

Es gibt manchmal eine (unausgesprochene) Form von Gruppenkodex, und die heißt:
- alle Politiker sind „Parteizombies" und deshalb abzulehnen
- alle Bürgermeister sind gegen uns, wenn nicht, dann sind sie nur publicitygeil
- alle Stadträte denken nur an ihre Wiederwahl

Wachsamkeit ist immer ratsam. Hohles Genöle aus den Parteirängen kennt jeder zur Genüge.
Pauschales Verurteilen ist nicht ratsam. Besser ist es, nach Unterstützern Ausschau zu halten, Argumente von Befürwortern *UND* Gegnern zu kennen, um dann bessere Strategien ausarbeiten zu können. Sachargumente für seine Sache sammeln – die andere Seite hat sie bestimmt!

UND: Höflichkeit, Korrektheit heißt noch nicht gleich Sich-Aufgeben, Anpassen, Korrumpiertsein **ODER?**

Ein Handbuch, das sich jede Gruppe leisten sollte, erspart uns hier eine Menge Zeilen und kluge Ratschläge:

Winfried Berner „Jugendgruppen organisieren"
Rowohlt-Taschenbuch 7752 15,80 DM

Und zu allerletzt...

schreiben ordentliche Autoren immer ein Dankeswort an alle, die an der Entstehung des Buches mitgewirkt haben. Wir sagen: es hat uns Spaß gemacht, mit den einzelnen Jugendgruppen zusammenzusitzen, Tee, Kaffee, Wein zu trinken, stundenlang zu diskutieren, bis man vor lauter Zigarettenrauch kaum mehr atmen konnte. (Verzeihung, wir sind beide Nichtraucher!)

Aber *ein* Dank sei doch noch angefügt: er gilt Herbert Dietz, Mitarbeiter bei der Stiftung „Die Mitarbeit", die schon vor einem Jahr eine Sammlung über Jugendinitiativen in Bayern herausgebracht hat. Von dieser Seite haben wir eine Menge Tips, Adressen und Telefonnummern bekommen!

München, im November 1983